花の一句

365日入門シリーズ⑥

山西雅子
yamanishi masako

ふらんす堂

花の一句＊目次

花の一句

凡　例

○本書は、二〇一〇年一月一日から十二月三十一日まで、ふらんす堂のホームページに連載した「花の一句」を一冊にまとめたものです。
○それぞれ本文の終わりに出典を記し、季語と季節は太字で示しました。
○俳句のルビは適宜新仮名遣いでふりました。
○原則として常用漢字を用い、新漢字としました。ただし、一部の人名などはこの限りではありません。
○巻末に季語と俳句作者の索引を付しました。

一月

1日

日の障子太鼓の如し福寿草　松本たかし

穏やかな正月。座敷に座ると、ぴんと張った障子が太鼓の皮のように見える。叩けば晴れやかな音で鳴りだしそうだ。障子越しの柔らかな日を受けて床の間の福寿草も金色に輝いている。福寿草は別名「元日草」というように正月の花として親しまれ、寄せ植えにして床飾りなどに用いられる。新年らしいめでたさの漲る一句。（『松本たかし句集』）季語＝福寿草（新年）

2日

ゆづり葉の茎も紅《べに》粉さす旦《あした》哉　園女

新旧の葉が譲り合うように交代することから、新年の縁起物とされている楪。その葉柄の赤みを紅をさしたと見たところに、女性らしい目がある。園女は蕉門の俳人で、元禄七年、芭蕉が亡くなる前月の九月に芭蕉を自邸に招き歌仙を巻いた。その折りの芭蕉の発句〈しら菊の目にたてゝ見る塵もなし〉は、白菊に託して園女の風流を讃えたものとして知られる。（『誹諧吐綬雞』）季語＝楪（新年）

3日

初風呂や花束のごと吾子を抱き　稲田眸子

父親と赤ん坊の初風呂である。片手で頭と肩を支え、もう一方の手で尻から背を抱いているのだろう。抱いた子の軽さ、いとしさを「花束」の語に託した。同じ句集には「ごとし」を使って幼い我が子を詠んだ句として〈秋天や手毬のごとく吾子を受く〉〈繭のごと眠れる吾子よハンモック〉などもあり、いずれも慈愛に満ちたまなざしを感じさせる。（『絆』）季語＝初風呂（新年）

4日

うらじろの反りてかすかに山の声　髙崎武義

裏白は左右一対に垂れる葉裏の白さが夫婦共白髪の長寿を思わせるため、注連縄や鏡餅などの正月飾りに欠かせないものとなっている。すこし乾いて反り始めてからもしばらくは緑を保つ葉を眺めていると、ふと、自生していた山の声がきこえたような気がした。清新な山の気を感じ、耳をすませる。（『明日葉』）季語＝裏白（新年）

5日

投扇興みんな花散る里と散る　阿波野青畝

投扇興は江戸時代に関西で正月の酒席の余興として始まった遊び。枕台の上に蝶のかたちの的を置き、扇を投げて的を落とす。落ちた的と扇と枕の位置によって『源氏物語』や百人一首などにちなんだ点数があり、得点を競う。座敷の全員が的と扇と枕がばらばらの状態の「花散里」に終わってしまい、笑い声があふれる華やかなひととき。(『宇宙』) 季語＝投扇興 (新年)

6日

粥草や葛飾舟の朝みどり　白雄

冷たい朝の大気を透かして瑞々しい緑が見えてきた。七種粥に入れる粥草、すなわち若菜を積んだ舟である。明日のため、これから江戸の町を売り歩くのだ。やがて夜になるとあちこちの家から〈隣々うしろも隣なづなの夜　白雄〉とあるように、賑やかな囃し言葉と菜を叩く音が聞こえはじめるだろう。(『しら雄句集』) 季語＝粥草 (新年)

7日

煮え立ちてはるけき色の薺粥　廣瀬直人

今日は五節句の一つである人日。邪気を払い万病を防ぐ七種粥を食べる風習は、平安時代の宮中から一般に広まったものという。薺粥は七種粥のことで、粥に入れる菜を刻むことを「薺打つ」などという。柔らかい湯気の立つ椀を手に包むと粥の白さに若菜の緑が清らかだ。命の根源にふれるようなその色をみつめていると、思いは遥かな時へと向かう。(『矢竹』)　季語＝薺粥（新年）

8日

あはあはと岩に吾が影冬牡丹　角谷昌子

厳しい寒気の中、囲い藁に包まれて咲く冬牡丹。鮮やかなその花を見ながら歩いていると、傍らの岩に落ちた自分の影にふと目が行った。岩の面に薄く落ちている影の、何というおぼつかなさだろう。凜と咲く冬牡丹と、長い月日を経てきた岩の静けさと、束の間の時間を通り過ぎてゆく人を、冬の日が照らす。(『源流』)　季語＝冬牡丹（冬）

9日

浪華津にさくや宝恵駕人の花　松根東洋城

「えべっさん」として親しまれる大阪今宮戎神社の十日戎。今日九日は宵戎にあたる。「宝恵駕」は南地花街の芸妓たちが紅白の布で飾り立てた駕籠に乗り込み十日戎に参詣する行事で江戸時代に始まった。今もその面影を残す駕籠がミナミの繁華街から神社へと華やかに繰り出し、福笹を求める人で賑わう中を練り歩く。艶やかな新年の景である。（『東洋城全句集』）

季語＝宝恵駕（新年）

10日

初場所や花と咲かせて清め塩　鷹羽狩行

初場所が始まった。東西の力士が竹笊から清めの塩を摑んで土俵に撒く。撒き方は様々で、下に落とすだけだったり、横から威勢よく撒いたり高く上げたりなど、力士によるお決まりの仕草は相撲の楽しみの一つ。「花と咲かせて」からは、塩をたっぷり摑み高く散らすさまが目に浮かぶ。塩は一日に四十五キログラム、千秋楽までの十五日間で六五〇キログラム以上用意されているという。（『八景』）季語＝初場所（新年）

11日

抱かねば水仙の揺れやまざるよ　　岡本　眸

寒風に荒々しく吹かれる水仙の姿に、思わず駆け寄って抱きとめたくなるのである。いったいどれだけの風を受けて、この水仙は健気にも花開くときを迎えたのであろうか……。太平洋に面し、伊豆七島が見渡せる下田爪木崎での作。三百万本とも言われる爪木崎の野水仙は、今がもっとも見ごろ。群落の中にこの句の句碑が抱かれるように建っている。（『十指』）季語＝水仙（冬）

12日

上の子のおとうとおもひ龍の玉　　千葉皓史

まだ幼いきょうだいだが、上の子は自ずから上の子らしく弟を気遣っている。幼い者に、より幼い者を守る心があるということ。それは人としての貴さの原型なのではないだろうか。龍の玉は蛇の鬚の実を言う。庭の下草として植えられる深みどりの葉の間には、大粒の瑠璃色の実が隠れている。胸の中に心という宝が宿っているように。（『郊外』）季語＝龍の玉（冬）

13日

さきほどの冬菫まで戻らむか

対中いずみ

道端に咲いていた冬菫。足早に通り過ぎてしまったが遠ざかるにつれて気になりだした。戻ってみようか、というのである。作者の師田中裕明はこの句の鑑賞の中で、「戻ることができるのは稀有なることで、ほんとうは過ぎ去ったものはかえりません。だから輝くのです」と書く。おそらく今はまだ戻れるときだ。冬菫に屈みこんだままのもう一人の自分のそばに戻ろう。（『冬菫』）季語＝冬菫（冬）

14日

闇動く闇の臘梅かをらして

中村祐子

梅に似た黄色い花が蠟細工のように透けているためその名がある蠟梅。臘月（旧暦十二月）のころ咲くことから臘梅とも書く。二度繰り返される「闇」という言葉が印象的な句である。臘梅の香が闇を漂い動くのではなく、闇が動いて臘梅を圧し、香らせていると捉えたところが生々しい。冷たい闇に目をみひらき、花の香を深く吸い込む。（『雪の華』）季語＝臘梅（冬）

15日

餅花に畳あをあを匂ひけり　加藤楸邨

一月一日の大正月に対し、十五日を小正月という。水木や柳、竹などの枝に小さくちぎった餅をつけた餅花は、小正月の飾り物の一つ。神棚の近くの柱や大黒柱、玄関横の柱などに挿して飾り、豊年を祈る。稲穂のようにしだれかかる紅白の餅花の下の青畳は、目に美しくその香もすがすがしい。（『怒濤』）季語＝餅花（新年）

16日

花の内なるみちのくの鮫膾　松村富雄

「花の内」というゆかしい季語がある。東北地方に残る言葉で正月十五日から晦日までをさすそうだ。東北に仕事で出かけて或る家で土地の料理のもてなしを受けたところ、中の一品が何と鮫の膾であった。軽い驚きとともに聞いた「今は花の内」という言葉が新鮮に響く。暮らしに息づくさりげない祝いの時に来合わせた喜びが一句と成った。（『花の内』）季語＝花の内（新年）

17日

枯草を撫づ一瞬の永遠よ

鳴戸奈菜

或る日は寒風に吹き絞られ、或る日は冬晴の温みを恵まれ、風雨と陽光を交互に身に手繰り込み草は枯色を深める。冬の終わりには半ば風に攫われ、いつしか微塵となり土に還るのだ。その枯草を静かに撫でているのである。平成九年九十七歳で没した作者の師永田耕衣を偲ぶ一連の中に置かれる一句。耕衣の最後の作となった〈枯草の大孤独居士ここに居る〉が思われる。（『微笑』）季語＝枯草（冬）

18日

寒蘭の香と日溜りに遊びをり

福田甲子雄

日溜りで寒蘭に顔を近づけるとかぐわしさに包まれ、ほっそりとした花としばし遊んでいるような心持ちになった。平成二年の作であるが、同じ句集の昭和六十二年の章に〈寒蘭の新芽かぞへる土佐の市〉がある。寒蘭は新芽も葉も、花に劣らず美しい。あるいはこの句の寒蘭は土佐で求められたものだったのかもしれない。（『盆地の灯』）季語＝寒蘭（冬）

19日

藪柑子夢のなかにも陽が差して　桜井博道

雑木林や半日陰の庭などで見かけることの多い藪柑子。地を覆う濃緑の葉の間から覗く赤い実は、目立たぬが美しいものだ。差し入る陽につややかに照るその実を見るうち、うつつの景ながら夢の中にも浸透してゆくように思えた。あたたかな陽はその夜の夢の中にも差し、懐かしく清らかな時空をひらくだろう。（『文鎮』）季語＝藪柑子（冬）

20日

凍蝶の籬の花となりてをり　村上喜代子

寒い日、籬沿いに歩いていると白い花のようなものが見えた。何かと思って近付くと、動かなくなっている蝶。傷んだ翅はところどころ透け、なされるがまま風に吹かれている。この蝶はどのようにその命の時間を飛んで、今ここにあるのだろう。蝶がめぐってきた花々の残像がその姿に被さり、胸がしんとする。（『つくづくし』）季語＝凍蝶（冬）

21日

浅草に習ひごとあり青木の実　辻内京子

浅草の習い事といえば踊りか唄か三味線だろうか……。少し年配の婦人が風呂敷か何かに仕度を調えいそいそとでかけて行くさまが目に浮かぶ。このような連想が楽しく広がるのも、「青木の実」ゆえのこと。日陰に植えられることが多いため地味な印象だが、斑入りの葉や棗形の実は美しく、江戸時代には盛んに改良されたという。お師匠さんの家の青木が見えてきた。（『蝶生る』）季語＝青木の実（冬）

22日

寒木瓜や先きの蕾に花移る　及川　貞

寒気の中で愛らしい花をつける寒木瓜は、見る人の心を弾ませる。自註の「南縁に置いた鉢の、見れば今朝はひとつ上の蕾がひらいていた。ようこそ！」という言葉にも、そのような気分が窺えるだろう。句集『野道』は身近な戦死者を悼むなど戦争の影のさす句とともに、子育てを中心とした家庭人としての日々を大切に詠んだ句を収める。その昭和十六年の章に出る句。（『野道』）季語＝寒木瓜（冬）

23日

万華鏡と遊ぶ子吹雪つのりくる

蓬田紀枝子

十九世紀初めにイギリスの物理学者ブリュースターが発明し、江戸時代の末ごろ日本に入った万華鏡。戸外は猛烈な吹雪だが、子どもは温かな部屋で万華鏡の作りだす幻に見入っている。どこまでも吹雪く外界と極小の宇宙である内界の不思議な結びつきに、雪の異名「六の花」が思われる。万華鏡は六面体の鏡像をなすものだろう。「札幌へ」の前書を持つ句。(『青山椒』) 季語=吹雪(冬)

24日

寒林の上の白雲入れ替り

星野高士

葉が落ち尽くし寒々とした幹を目で辿ると、枝は幾筋にも分かれ、小枝は差し交わし繊細な描線となる。そのような木が立ち並ぶ林の上の青空に真っ白な雲が浮かんでいた。凝りついたように動かぬそれだが、しばらく眺めているとやはり風に流されてゆっくりと次の雲に入れ替わってゆくのだ。ふと我に帰ると心が静まり浄められていることに気付くのである。(『顔』) 季語=寒林(冬)

25日

探梅のこころもとなき人数かな　後藤夜半

寒さの中、さきがけの梅を尋ねようと集まったが人数が少ない。春の観梅のように開花が明らかではなく、探り歩くことに興趣があるため、もとより賑やかな一行となる筈もない。心許ないくらいの人数がむしろ探梅らしいのかもしれない。山中の日溜まりで綻び始めた梅にもし出会えたら、その梅がもう一人の風雅の友ということになるのだろう。（『翠黛』）**季語＝探梅（冬）**

26日

老女とはかゝる姿の枯芙蓉　松本　長

芙蓉は葉が落ちた後も、白茶けた枝先に小さな毬状の実を点々と残す。乾いて割けた実から白い綿毛の生えた多数の種子が覗くが、やがてその種子は風に零れてゆく。松本長は能役者で宝生流シテ方。俳人松本たかしの父で、下村観山・泉鏡花の従兄弟にあたる。白骨のような枝と光る綿毛を吹き詰めた実に、能舞台の嫗の幻が見えていたのかもしれない。（『ホトトギス雑詠選集』）**季語＝枯芙蓉（冬）**

27日

白鳥といふ一巨花を水に置く　中村草田男

初冬にシベリアなどから群れをなして飛来し、春の初め、北へ帰って行く白鳥。今はちょうどその美しい姿に各地で出会えるころだ。空から舞い降りて水面に静まり純白の塊となった一羽の白鳥。どのような神の手が、この大きな花を浮かべていったのだろうか……。羽根を軽くかかげた白鳥に作者が見ていたのは睡蓮の花の俤であったという。（『来し方行方』）季語＝白鳥（冬）

28日

うすめても花の匂の葛湯かな　渡辺水巴

体の芯まで冷える日は温かいものが恋しい。とろりとした葛湯は透明ながら濁りともいえぬほどの濁りを宿し、湯気からふっとその花の「匂」が立つ。この「匂」は、漂い出るほど美しい色・艶・光・風情なども言う古語の「にほひ」の趣も宿していよう。葛の名産地吉野は桜の名所でもある。花盛りの山の景が過ぎりもし、心はしだいに豊かな時空にあそびはじめる。最晩年の作。（『水巴句集』）季語＝葛湯（冬）

29日

身をひくと風花寄りてふつと消ゆ

鳥居美智子

青空から風花が漂ってくるのに気付いた。初めは受け止めようと身を乗り出していたのだろう。しかし、いざ近々としてくると余りの清らかさに身を引いてしまったのではないだろうか。ところが風花の方は慕い寄るかのように更に近づいてきた。そうして、そのためであるかのようにふっと消えてしまったのだ。(『自註現代俳句シリーズ　鳥居美智子集』)季語=風花(冬)

30日

艶すこしありて冬木の桜かな

青柳志解樹

桜は四季折々の表情を見せる。花時が過ぎると蕊が降り、葉桜、実桜、やがて美しい桜紅葉も尽きると枯木となる。それが冬木の桜だ。冬日に白光りする木肌には、寂寞の相ながら確かに吸い付けられるような艶やかさが宿っている。染織家志村ふくみの随想『一色一生』に花咲く前の枝や樹皮に満ちる桜の精気を語る章があるが、冬木の桜の艶はまさに命の艶なのであろう。(『麗江』)季語=冬木の桜(冬)

31日

寒梅や日曜の子ら薪を負ふ　馬場移公子

学校が休みの日曜、薪を負い山を歩く子どもたち。家事の助けか家計の助けか。あどけなさを残す面差しながら凜とした瞳が想像されるのは、寒梅という季語の賜物である。夫の戦死により若くして蚕種屋を営む秩父の生家に帰り、山峡のひそやかな暮らしを詠み続けた作者は、「この峡に在る時が一ばん自分らしく振舞へて、深い呼吸が出来る様な気がします」と語った。（『峡の音』）季語＝寒梅（冬）

二月

1日

冬木の芽ことば育ててゐるごとし　片山由美子

晴れた日に枯木の間を歩くと、枝にびっしり付いた冬芽に気付く。赤黒い鱗に包まれた芽、銀毛を帯びた芽、蠟細工の粒のような芽など、ひっそりと命を養う姿は確かにことばを育てているようだ。しかとそのものの中にあり、時が満ちると零れでる固有のことば。この句を読むと、そのようなことばを今の私は身の中にどれだけ育てているだろうかと省みられる。（『風待月』）季語＝冬木の芽（冬）

2日

背後より若き足音寒椿　大井雅人

寒椿を一人仰いでいると背後から人の気配。花を仰ぎつつ今確かに何かをいきいきと感じ考えていたのだが、それは途切れてしまった……。足早に近づく音で若者と知れるが、その目にこの花の美しさは映るのだろうか。自らが愛しみ美とするものに年若い闖入者が現れたとき、人はどう振る舞うか。この句を読むとそのようなことも考えさせられる。（『神田』）季語＝寒椿（冬）

3日

雨光る節分草の咲く日より　後藤比奈夫

スプリングエフェメラルという言葉がある。「春のはかない命」の意で、春先いち早く花を咲かせ、数か月で地上部を消してしまう草花の総称だ。節分のころから咲き始める節分草はその一つ。白い花びら状の五枚の萼片が透けるように美しく、黄色い蜜腺、青紫の蕊と相俟って寒気の中にも光の春の到来を告げる。雨ももう春の雨だ。（『花びら柚子』）　季語＝節分草（春）

4日

立春の光散りばめ椿の木　金原知典

暦の上では春となる立春だが辺りはまだ冬の佇まい。そのような道を歩いていると、目の覚めるような光の漣に出会った。椿の大樹である。花ももう数輪開いているかもしれぬが、この句は花ではなく葉の方に視点をあて、輝きに喜びを見た。繊細で真っ直ぐな目だけが見ることのできる光なのだと思う。（『白色』）　季語＝立春（春）

5日

猫柳ことば得そめし日に似たり　　岡井省二

私には息子が一人居るが、彼が言葉を口にし始めた頃のことはよく覚えている。「レラレラレラ」と歌うように喋る中に時折単語がまざる。それは確かにこの句が言うように、とびとびに枝に付く猫柳の銀の花穂と似ていた。私はといえばなぜか、そんな息子を見ながら、覚えてもいない自分の赤子の頃をしみじみと懐かしく思い出しているのだった。本当に不思議な時間だった。（『明野』）季語＝猫柳（春）

6日

かたくりの花の韋駄天走りかな　　綾部仁喜

早春の林中に俯いて咲く片栗。『万葉集』巻十九では〈もののふの八十少女らが汲みまがふ寺井の上の堅香子の花〉とも詠まれるゆかしい花のイメージを「韋駄天走り」の比喩で一新した句。韋駄天は、捷疾鬼が仏舎利を持って逃げ去った際、追いかけて取り戻したという言い伝えからよく走る神として知られる。反り返った六枚の花弁の疾駆は季節の息吹そのもの。（『樸簡』）季語＝片栗の花（春）

7日

まんさくや洲に雪のこる笹子口　三森鉄治

笹子峠は山梨県東部、甲府盆地から大月市に越す甲州街道の峠。その登り口あたりの渓流の景であろう。まだ雪で白く覆われた中洲。その脇を早春の水が音を立てて流れてゆく。そこにまんさくの黄色い花だけが咲いているという。「笹子口」という地名が、冬鶯の謂いである「笹子」へも連想を誘い、夢のように清らかな世界が開かれている。（『魁』）季語＝まんさく（春）

8日

梅白しまことに白く新しく　星野立子

この句を読むと、立子はどう白くどう新しいかではなく、白く新しいということだけを言いたかったのだとつくづく感じる。立子の句の特徴の一つに大摑みな形容詞の使用が挙げられるが、それは手放しとか大らかというより、むしろ対象への礼節の表現だったのではないだろうか。己の見方で対象を恣に切り刻むことへの畏れを、この句は思い出させてくれる。（『続立子句集第一』）季語＝梅（春）

9日

されば爰《ここ》に談林の木あり梅の花　宗因

この句を発句とする『談林十百韻』（延宝三年刊）は、談林の俳諧を全国に知らしめた。貞門の俳諧に飽きたらず自由奔放な世界を拓いた宗因は梅翁・西翁などとも号し、芭蕉・西鶴などに影響を与えた。翌四年作の素堂と芭蕉の発句〈梅の風俳諧国にさかむなり　信章（素堂）〉〈此梅に牛も初音と鳴つべし　桃青（芭蕉）〉からは当時の談林の隆盛が窺える。（『談林十百韻』）季語＝梅（春）

10日

寂と打ち合へる雀の帷子よ　秋山夢

早春の温みの感じられるこのごろ、道端の雀の帷子のぽやぽやした緑が目にしみる。撫でると柔らかで、いわゆる雑草だが慕わしい。もう少し季節が進むと銀の花穂がぱらりとほどけて、寂たる花の寂たる盛りとなる。花穂の打ち合う微かな音に、作者に倣って耳をすませよう。同じ句集には風と春の草を詠んだ句として〈山風の中のひとすぢ耳菜草〉〈揺れ止みて犇と雀の鎗の先〉なども。（『水茎』）季語＝雀の帷子（春）

11日

剪定の夕日まぶしくなりにけり　細川加賀

晴れた早春の朝、剪定鋏の響きを聞くと季節が動くのが感じられる。枝を払うに従って風通しと日当たりが良くなり、木が生き返る。繊細に抓み落とされてゆく小枝。挽き落とされる枝。時折は雨に似た音をたて、葉と小枝が一度に落ちる。パチッパチッという軽やかなリズムで時が過ぎ、枝を通して眩しい夕日が届くと一日の終わりだ。(『玉虫』) 季語＝剪定（春）

12日

そのさまは大海なせり犬ふぐり　山田閏子

道端や広場、畦など早春の日溜りに咲く犬ふぐり。実のかたちから付いた名は剽げているが花は可憐そのもの。盃形に開いた瑠璃色の花びら、細く柔らかな茎と濃緑の葉。つい家に摘んで帰りたくなるが、ほぼ一日で花は萎んでしまう。大海のように群れ咲く辺りにゆっくり佇んで心を預ける。それがこの花との最も良い付き合い方のようだ。(『佇みて』) 季語＝犬ふぐり（春）

13日

息止め見る雪割草に雪降るを　加藤知世子

雪割草はキンポウゲ科に属する三角草、州浜草ほかをいう。雪の残る早春に咲き始めることから、この名で総称され愛される。白・紅・紫など色も豊富で葉のかたちも目を引く花だ。咲き初めた雪割草にちらちらと春の雪が降っている。その清らかさは息を呑むほど。しばし緊張感に包まれた後、喜びが静かに胸に満ちる。（『朱鷺』）季語＝雪割草（春）

14日

黄梅に佇ちては恃む明日の日を　三橋鷹女

中国では春節のころ咲き出すため迎春花とも呼ばれる黄梅。人家の石垣などから枝垂れて咲き零れる明るい黄色は、この時季ならではの喜びの色だ。その花の傍らに佇んで明日という日を恃みとしよう、という。寒さと暖かさを行きつ戻りつする日々だが、明日こそは黄梅のように明るい光に満ちた日であることを願う。（『白骨』）季語＝黄梅（春）

15日

薔薇色の暈して日あり浮氷

鈴木花蓑

春になると川や湖などに張り詰めていた氷が解け、漂い始める。水面にまだ静かに留まっているものもあれば、ゆるやかに流れ始めるものもある。古い時の欠片は新たな季節の息吹に追われてしだいに小さくなり、ついには春水の一滴として消え失せる。空には薔薇色の暈を帯びた春の太陽。この光が季節を動かす。(『鈴木花蓑句集』) 季語=浮氷(春)

16日

草萌や死者に破顔の記憶のみ

小澤　實

死者は生者の心の中で生き続けると人は言うが、私は少し違うことを考えている。身近な人が死ねば、死者の分だけ死ぬと思うほうが私には自然だ。だから生きてだけいる人などいないのだと思う。春は喪った人が強く思い出される季節。萌え出た草に亡き人の顔が浮かんだが、それが笑った顔ばかりだという。死者と共に死ぬからこそ、死者は生者をかく生かす。(『瞬間』) 季語=草萌(春)

17日

日が射してもうクロッカス咲く時分　高野素十

チェコの作家カレル・チャペック（一八九〇〜一九三八）に『園芸家12カ月』がある。園芸愛好家の振る舞いをユーモラスに描く本で、その二月の項にクロッカスが出る。太い芽が現れ次第に綺麗な緑の一束の葉となるのが、チャペックにとっての春の最初のきざしなのだそうだ。細い葉の芯には程なく明るい色の花が開くだろう。寒さに強く日を好む愛らしい花壇の花だ。（『野花集』）季語＝クロッカス（春）

18日

挿木せしゆゑ日に一度ここに来る　山口波津女

あと一月もすれば挿木の好期が始まる。挿してすぐ変化はないが見に来ずにいられないというこの句の思いは花好きにはよく分かる。『園芸家12カ月』には挿木苗を大量に手に入れて途方に暮れる男が出てくるがこれもまたよく分かる。奇妙な姿勢で地を這い、植える場所を探し回る男を描いた微笑ましい挿絵はカレルの兄ヨゼフ・チャペックによるもの。ヨゼフは一九四五年にベルゲン・ベルゼン強制収容所で死去した。（『山口波津女全句集』）季語＝挿木（春）

19日

山吹の枝の真青に春の雪　雨宮きぬよ

冬から春先にかけた庭木の枯色の中で、山吹だけはすぐ他と見分けがつく。噴くように密生するかたちもさることながら、葉を落とした細い枝の緑に独特の瑞々しさがある。ふわふわと春の雪が降ってきた。山吹の枝がときおり揺れる。枝は雪のため更に青く、雪は枝に引き立てられてより白い。枝はもうびっしりと芽を蓄えている。（『水碧』）季語＝春の雪（春）

20日

紅梅は水戸の血の色咲きにけり　今瀬剛一

水戸の梅まつりが始まった。この句は弘道館の老木に触発されて生まれたものという。藩校当時の建物の一部を遺す弘道館には八百本の梅が咲き、白壁を背景にした紅梅はことのほかゆかしい。作者は『水戸』のあとがきで、自らにも流れる水戸の血を「不器用で喧嘩っ早い、それで居て妙に情に脆いところのある」と語る。「咲きにけり」に郷土への愛が籠る句。（『水戸』）季語＝紅梅（春）

21日

蓬萌ゆ憶良・旅人・に亦吾に　竹下しづの女

太宰府での作。彼の地にはかつて大宰帥大伴旅人や筑前守山上憶良らを中心とした一大文化サロンがあった。その香気を慕って詠まれた句である。初出は昭和十二年四月刊の「成層圏」創刊号で、その巻頭に「古き学都を讃ふ」と題して掲載された五句のうちの一句。学生を中心とした若者たちが気を吐く「成層圏」の門出を祝福する句でもあろう。（『颱』）季語＝蓬（春）

22日

遺影の手触れよこれこの蕗の薹　右城暮石

そこここに姿を見せ始めた蕗の薹を摘んできた。遺影の前に供え、「手を触れよ」と言ってみる。〈ストーブを消せと遺影に咎めらる〉〈すこしづつ焚火に入れて遺品焼く〉〈妻の遺品ならざるはなし春星も〉に続く一句。「これ」と言い、更に「この蕗の薹」と言い直す。「あなたが好きな蕗の薹ではないか」という声にならぬ声が聞こえてくるようだ。（『虻峠』）季語＝蕗の薹（春）

23日

公魚を買ふ花束をかふやうに　石田郷子

公魚は小ぶりで骨が柔らかく丸ごと食べられる。下拵えも簡単で調理法も多い。透き通るように華奢な公魚を夕食のために買った。花束といっても抱えるほど豪華なものではなく、そっと手に持つ感じだろう。そういえば今年も公魚釣りの時節。私が穴釣りを初めて見たのは早春の網走湖でのことだった。暗い氷の穴から美しい公魚が上がってくるさまが神秘的だった。

（『秋の顔』）季語＝公魚（春）

24日

サイネリア待つといふことときらきらす　鎌倉佐弓

鉢植えにして飾られることも多いシネラリアは、別名サイネリアともいう。菊に似たかたちの白やピンク、紫の花が株いっぱいに吹き詰めるように咲くと部屋がぱっと明るくなる。人を待つ、物事を待つ、時を待つ……。待つといふことにもいろいろあるが、その胸のときめきを素直に鮮やかに言い表した句。（『潤』）季語＝サイネリア（春）

25日

盆梅が満開となり酒買ひに　皆川盤水

一月末から三月初めにかけて各地で盆梅展が開かれる。中でもよく知られているのは長浜盆梅展で今まさに満開のころ。この句の盆梅は一般に広く見せるものというより、個人の愛好家の手で咲いた花の趣だ。親しい人に報せをやり愉しい宴を開く。馥郁たる香に包まれ命が延びる思い。この日が終われば剪定・肥料・消毒・水やりと、梅に仕える一年がまた始まる。

（『銀山』）季語＝盆梅（春）

26日

座禅草また咲く頃よ見ましたか　平橋昌子

日本の自生地南限と言われる滋賀県今津町で座禅草が咲き始めるころだ。座禅草の名は暗紫色の仏焔苞と白い肉穂花序を座禅僧の姿に見立てたもの。開花時に発熱するという独特の性質を持つ。この句の作者が呼びかけている相手は亡き娘。座禅草のように蹲って娘を思う母の言葉が切ない。今は鬼籍に入られた作者のこの句を、毎年この季節になると私は思い出す。

（『花槐』）季語＝座禅草（春）

27日

きぶし咲き山に水音還り来る　西山　睦

「きぶし」は漢字で書くと「木五倍子」。春の山道を歩いていると、小さい珠を綴ったような花房が高枝から垂れているのに出会う。「綴れ織り」や「楽譜の音符」など、見る人によって喩えはさまざま。独特のかたちに野趣があり目を引く花だ。きぶしが咲き始めるころ、山は眠りから覚め、せせらぎの音が還ってくる。辺りが潤ってくる。（『埋火』）　**季語＝木五倍子の花（春）**

28日

さんしゅゆの盛りの枝の錯落す　富安風生

まだ枯色がちなところに、木全体を黄色に煙らせて山茱萸が咲いた。入り組んだたくさんの枝のそれぞれに、数え切れないほどの小さな花が小さな傘形に集まって開いている。その華やぎを、「さんしゅゆ」「盛り」「錯落」と、サ音の頭韻で言い留めた句。別名「春黄金花」ともいう山茱萸の輝きが目に浮かぶ。（『冬霞』）　**季語＝山茱萸の花（春）**

三月

1日

もののの種にぎればいのちひしめける　日野草城

穀類・野菜・草花などさまざまな種があるが、その種を手に握ると一粒一粒の命がじかに伝わってくるという。犇めく命の声が聞こえてくるような句だ。寒暖を繰り返しつつも確実に春らしくなる日々。あと半月もすれば種蒔きに良い時節が始まる。それまでの少しの時間を親しく種と過ごす。縁側の日の中で。納屋に漏れ入る光を受けて。春燈の下で。（『花氷』）季語＝物種（春）

2日

夕市や地べたの華の海老栄螺　石川桂郎

朝市で有名な輪島だが、鳳至町《ふげしまち》の住吉神社境内で開かれる夕市も味わいがある。地べたに置かれた箱の中の海老や栄螺が潮の香を漂わせつつ滴り輝く夕べの景に、旅人の心はひとときはなやいだのであろう。この句が作られたのは昭和四十年。当時に比べて店は減ったが、今も魚や野菜・果物などを買いに来る近所の人で夕暮はにぎわう。（『竹取』）季語＝栄螺（春）

3日

紙雛は花見る顔に書《かき》にけり　　成美

女児の健やかな成長を願う桃の節句。雛や調度の段飾りをしつらえ、菱餅・白酒・桃の花を供えて祝いの小宴をはる家庭も多いことだろう。この句は祓に用いる形代の俤を残す紙雛を詠む。紙雛は今でこそ内裏雛に押されているが、かつては雛壇に立て掛けて飾った。愛らしい顔に描かれたこの雛は桃の花の傍らがよく似合う。（『成美家集』）季語＝紙雛（春）

4日

われもゐし妻の若き日桜貝　　大屋達治

妻の若き日々の中に同じように若き自分がいたということ。それは幸せなことだ。遠巻きに眩しく見ていた仲間の日々から、次第にかけがえのない人となり、ともに年月を重ね、幾つもの昨日が幾つもの今日に繋がって今がある。開いたてのひらには華奢な桜貝。薄紅に透けるような思いも、この人と居たから手放さずにいられたのだ。（『龍宮』）季語＝桜貝（春）

5日

三椏の花三三が九三三が九　稲畑汀子

三椏は愛らしい花だ。考え事をしているかのようにカーブを描く短い花首の先に白銀の細い筒に似た蕾がひとかたまりにつく。それが或る日ふっくらとほぐれ、無数の黄色い小花が覗き始めるのだ。この句は三叉の枝先が更に三つに分かれてゆく姿を掬い取り、花の持つあどけなさを存分に表現した。声を出して九九を唱える年頃の少女も連想されよう。（『さゆらぎ』）

季語＝三椏の花（春）

6日

働きづめの身に税重し沈丁花　松崎鉄之介

沈丁花の香には甘さの中にも何かひんやりした感じがある。同じように香り高い木犀と比べると雨の匂いや夜風がより似合うようだ。この句は夜更けの仕事帰りなのかもしれない。昭和四十五年に東京国税局を退職し税理士業務に就いた作者の四十七年の作。「税金のきびしさと重さを身をもって感じた。正直者が馬鹿を見る世の中ではいけないと思う」と自註にいう。

（『鉄線』）季語＝沈丁花（春）

7日

木瓜咲くや漱石拙を守るべく　夏目漱石

葉に先だって緋や白、紅白のふっくらとした花をつける木瓜。枝は所々に棘を持ちごつごつと黒っぽい。その姿に己の生き方を重ねた漱石三十歳の作。この句から九年後に書かれた『草枕』には、木瓜の枝振りと花の細かい描写に続けて、「世間には拙を守ると云ふ人がある。此人が来世に生れ変ると屹度木瓜になる。余も木瓜になりたい」という一節がある。(『漱石全集』) **季語＝木瓜の花（春）**

8日

ミモザ咲く王家の谷は風の中　明隅礼子

ミモザのポンポン状の小花が華奢な葉の間から房をなして零れるさまは、春の喜びそのもの。大木になることが多いため辺りがぱっと明るくなる。この句は死者の時間を湛えた王家の谷の岩山を渡る風を詠む。太陽神をラーと呼び光をあがめた人々のさざめきが、ナイル川の岸辺に咲くというミモザの金色と時を越えて響きあっているようだ。(『星槎』) **季語＝ミモザ（春）**

9日

赤い椿白い椿と落ちにけり

河東碧梧桐

赤い椿がぽとりと落ちたと思うと、白い椿がぽとりと落ちた。その瞬時のさまを言い止めた。紅白それぞれの木の下には、もとより赤と白の円を描いて椿が落ちていよう。正岡子規は評論「明治二十九年の俳句界」で碧梧桐の句を「極めて印象の明瞭なる句」と称揚しこの句を挙げた。碧梧桐二十四歳の作で代表句の一つ。(『碧梧桐句集』) 季語=椿(春)

10日

芽ぶかんとするしづけさの枝のさき

長谷川素逝

うらうらと晴れると外に出たくなる。空を時折仰ぎながら歩いていると先日まで枯色一色だった樹が何となく柔らかさを帯びていることに気付く。枝先の角のような芽がぽっと膨らみはじめているのだ。雨と日差しをたっぷりと吸って、静けさの内に芽吹きのときが来た。(『定本素逝句集』) 季語=芽吹く(春)

11日

みごもりてさびしき妻やヒヤシンス　瀧 春一

まだ少年のように初々しい妻。喜びの中にも愁いを宿すその姿を見つめる夫。昭和二年、二十代半ばの作である。ヒヤシンスといえば私には忘れられない言葉がある。水栽培のそれを見て「自分の栄養だけで花を咲かせているようで胸が詰まる。土に降ろして咲かせてやりたい」と言った友達の言葉だ。この句のヒヤシンスはどちらだろう。（『萱』）　**季語＝ヒヤシンス（春）**

12日

風光る退きて読む花時計　中根美保

時計仕掛けを備えて文字盤部分に花を植え込んだ花時計。今の季節ならパンジーなどを主としているのだろう。駅頭か広場、公園だろうか。近づくと花ばかり目立つが離れると針がくっきり浮き上がり、風もひときわまばゆく感じられる。日本初の花時計は昭和三十二年に設置された神戸市役所横の神戸花時計だという。市民の寄付によって作られたそうだ。（『桜幹』）

季語＝風光る（春）

13日

るいるいといそぎんちやくの咲く孤独

土橋石楠花

花虫綱六放サンゴ亜綱イソギンチャク目の腔腸動物である磯巾着。口のまわりの触手には毒があり、触れた小魚などを丸呑みにする。雌雄異体のため海中に放出された卵と精子が受精し、漂う期間を経た後、岩場などに住処を定めるとのことだ。美しく妖しく、累々と連なるように見えてあくまでも孤独な生のゆらめき。（『鼎門句集』）季語＝磯巾着（春）

14日

鳥に花に春愁やはらかく溶ける

鈴木智子

暖かで生の喜びに満ちた季節の中、訳もない哀しみに包まれることがある。きっとそれは命の根から湧いてくる愁いなのだろう。そのようなときは一人黙って外を歩くのがいい。金の糸がほどけるように空から囀りが降ってくる。花の香が風に乗ってやってくる。歩くうちにゆっくりと伸びをしたくなる。この美しい今に心を溶かそう。（『春筍』）季語＝春愁（春）

15日

蘂に置く蘂よりほそき蝶の足　栗津松彩子

吻を伸ばして蜜を吸いはじめた蝶。ときおり花を揺らしながら蘂の辺りを探っている。蝶といえば大きな翅に目が行きがちだが、この句は細部に目を止めた。折れ曲がった足の先は針のようで、つま先立ちしているかに見える。だが本当はしっかりと摑まっているのだろう。華奢な足でその華奢な体を支えて。(『月牙』) 季語＝蝶（春）

16日

蜜蜂に持たせすぎたかしら伝言　ふけとしこ

花がひとりごとを言うとこのような句が生まれるかもしれない。足に花粉団子を付けて遠ざかる姿を見送りながら、しかし、花は蜜蜂の行方を知らない。人もまた蜜蜂の行方を知らない。ただ花のような気持ちになって、心に溜めた言葉をその足に託す。「どうして今日はこんなに重いんだろう」と訝りながら蜜蜂は飛ぶ。(『伝言』) 季語＝蜜蜂（春）

17日

たんぽぽや芝生をしめる花の鋲　素丸

たんぽぽの花が目につき始めた。ロゼッタ状の葉から上がる蕾、昼光を受けた花の黄色、絮になって飛びゆくさままで、たんぽぽは春に欠かせない花だ。この句の作者素丸は江戸中期の俳人で其日庵三世。門人に一茶らがいる。芝生にたんぽぽが咲いているさまを鋲を打ったようだという。確かにそのとおりだ。（『素丸発句集』）　季語＝たんぽぽ（春）

18日

波音のいちにち高し金盞花　水田光雄

波音を聞きつつ逞しく育つ金盞花。赤みを帯びた黄の花には健やかな美しさがある。作者の故郷南房総は温暖な気候を利用した花卉栽培が盛ん。金盞花を始めとしてストック・金魚草・スターチスなど早い所では年末から咲き始める。市場に出すほか直売や花摘みが出来る畑もあちこちに見られる。彼岸には花を求めて畑を訪れる人も多いだろう。（『田の神』）　季語＝金盞花（春）

19日

見送りの先に立《たち》けりつくぐし　丈草

丈草の草庵仏幻庵にしばし滞在した支考への送別吟とされている。点々と生えた土筆が去りゆく友を先導しているように見えた、という。きっとそれは旅の無事を祈りつつもいまだ名残の尽きぬ心ゆえのこと。心は小さな土筆になって友を見上げているのだろう。こんなふうに人を思えるのは素敵だ。（『射水川』）季語＝つくぐし（春）

20日

よくみれば薺花さく垣ねかな　芭蕉

平凡な風景の美しさを鮮やかに摑みだした句。「よくみれば」にはそこに佇んでいたしばしの時間がある。そのひとときの瑞々しさがこの句の命だ。薺と言えば花の下に従う小さいハート型の果実が特徴。茎から少し剝がして茎を揺らすと囁くような音がするのがぺんぺん草・三味線草の異名の由来だ。幼いころこの花に遊んでもらった人は多いことだろう。（『続虚栗』）

季語＝薺の花（春）

21日

ぜんまいののの字ばかりの寂光土　川端茅舎

閑かな山中、湿り気を帯びた地から綿毛に覆われたぜんまいの芽が何本も伸びている。初々しく素朴な「のの字」のさまを永遠絶対の浄土である「寂光土（常寂光土）」と見た。画家川端龍子の異母弟であり岸田劉生に画を師事した茅舎は、劉生の没後、画と別れて俳句に打ち込んだ。この句を収める句集『華厳』に高浜虚子は「花鳥諷詠真骨頂漢」の序を与えた。（『華厳』）季語＝ぜんまい（春）

22日

草餅を乳ふくませてつまみをり　野村泊月

蓬を搗き込んだ草餅はまさに春の食べものという感じがする。片手に子を抱き片手で草餅を抓んでいるのだ。産後、乳の出が良いように餅を食べる風習はよく見られたが、この婦人は新生児の母というより、授乳にも慣れてきた時分のお母さんだと思われる。行儀はあまり良くないが、ほのぼのとした光景。（『定本泊月句集』）季語＝草餅（春）

23日

来しかたや馬酔木咲く野の日のひかり　水原秋櫻子

昭和二年、秋櫻子は和辻哲郎の『古寺巡礼』に触発されて一人奈良を巡った。奈良公園を縫って三月堂まで出た記憶がこの句となったという。過ぎてきた野を振り返ると馬酔木の花があちこちで春日を返している。いにしえの佇まいを宿す光が美しい。壺型の小花を鈴生りにつける馬酔木は『万葉集』に好まれた花の一つ。（『葛飾』）季語＝馬酔木の花（春）

24日

わが山河まだ見尽さず花辛夷　相馬遷子

昭和四十九年、癌の疑いで入院し胃の摘出手術をした折りの句。春を告げ農作業を促す花である辛夷が故郷佐久に咲き始めた。「わが山河」、そして「見尽さず」という言葉から、まなこで触れるような切なる思いが伝わる。この年から遷子は療養に入り、二年後の昭和五十一年一月に没した。（『山河』）季語＝辛夷（春）

25日

雪やなぎ雪のかろさに咲き充てり　上村占魚

雪柳の開花は印象的だ。若い葉と蕾で浅緑に染まった枝に、とある日小花がぽつっと咲く。雪片が散りかかったような数輪を愛でるうち、枝はみるみる花で覆われて全体が真っ白になる。それはまさしく「雪のかろさ」だ。静まった枝は風を受けると豊かに撓い、やがて小さな米粒にも喩えられる花びらを散らし始める。（『椽の木』）季語＝雪柳（春）

26日

白木蓮に信号の青映りたる　浦川聡子

車道沿いに植えられている白木蓮。信号が赤から青に変わった瞬間、純白の花に冷ややかな青い光が落ちた。天に向かって捧げものをするように大きな花弁を、無機的な光が照らしている。現代的な美と言えば言えるが、かすかな痛ましさも宿していよう。青ざめた花のはだえを目に残しながら人はまた行く手を急ぐ一人に戻る。（『水の宅急便』）季語＝白木蓮（春）

27日

ごはんつぶよく嚙んでゐて桜咲く　桂　信子

桜は「サ（穀霊）＋クラ（依り代）」という語源説にも窺われるように、古来稲作と結びついた花である。この句の根には満開の桜に実りの秋の先触れを見た心性に通ずるものが備わっていよう。口中に広がるごはんつぶの甘みと咲き満ちてゆく桜の花。一粒一粒の命を戴き大きな命の流れの中で生きている。（『草樹』）季語＝桜（春）

28日

さまぐ〵の事おもひ出す桜かな　芭　蕉

過去は変えられないというが、時と共に過去は変わる。「変わる」に語弊があれば「育つ」と言い換えてもいい。時を重ねるうちさまざまな出来事の意味にはっと気付くことがある。そのとき思い出は育つのだ。この句は亡き主君藤堂良忠（俳号蟬吟）の息子良長（俳号探丸）の下屋敷での作。二歳年上の主君良忠が二十五歳の若さで没してから二十二年の歳月が流れていた。（『笈日記』）季語＝桜（春）

29日

夜の枝垂櫻方里をつめたくす　瀧澤和治

静まりかえった闇中に浮かぶ一塊の桜の樹。辺りが青ざめるまでに張り詰めて咲く命は、方里の隅々に行き渡り満ち広がるのであろう。この桜には町中の俗を離れた山気がふさわしい。記憶の底に宿る映像を汲み上げてきたような醇乎たる世界だ。十八歳の若さで「雲母」巻頭を占めた句である。（『方今』）季語＝枝垂桜（春）

30日

一僕とぼくぼくありく花見哉　季吟

豪勢な花見ではなく供を一人だけ連れて逍遥する花見。「ぼく」という音の繰り返しがのどかな雰囲気を醸し出す。『山の井』は全五巻。うち四巻は季寄せで最後の一巻が「年中日々之発句」の見出しを付した季吟句日記になっている。この句は三月八日の始めに収められたもの。夜まで愉しく歩き回ったようだ。（『山の井』）季語＝花見（春）

31日

花冷のちがふ乳房に逢ひにゆく

眞鍋呉夫

桜の咲くころに思いがけず寒さが戻ることがある。桜は美しさの極みに近寄りがたい冷え冷えとした感じを帯びることがあるが、花冷の日はそのような桜の精気がより強く感じられるようだ。血管の青みがうっすらと透ける白い乳房は、触れると温みを宿している。秘めやかな時間の手触りを思いながら、その人に逢いにゆく。（『雪女』）季語＝花冷（春）

四月

1日

花衣ぬぐやまつはる紐いろ〳〵　杉田久女

花見から戻り着物を脱ぐと、美しい彩りの紐が体からすべり落ち足元に纏わりついた。座五のゆったりとした字余りから花見の余韻に浸る甘美なひとときが窺われる。虚子から「女の句として男子の模倣を許さぬ特別の位置に立つてゐる」と高く評価された初期の代表作。昭和七年に久女が興した主宰誌の名も「花衣」（五号で廃刊）であった。（『杉田久女句集』）季語＝花衣（春）

2日

使ひよき針三ノ三花の雨　鈴木真砂女

花時の雨となった。外出をせず縫い物を取り出して一つ一つ丁寧に仕上げてゆく。三ノ三の針は木綿やウールなど普段の針仕事用のもの。ちくちくと針を動かしていると手の中のものが少しずつかたちになってゆく。うつろうがゆえに花は一入美しいということが肯われるのはこういうときなのだろう。同じ句集にはこの句の右に〈ほろほろと百合根煮くづれ花の雨〉も。（『都鳥』）季語＝花の雨（春）

3日

連翹や黄母衣の衆の屋敷町　太祇

連翹が咲き満ちる屋敷町。鳥の尾のようにしなやかな枝に濃い黄色の花がびっしりとつくさまに、合戦で武者たちが纏う軍装の母衣を見た。母衣はそもそもは甲冑の背につけた布に風を孕ませて矢を防ぐもので、のちには内部に籠を入れた指物ともなった。母衣衆は戦国大名直属の使番で信長の黒母衣衆や赤母衣衆、秀吉の黄母衣衆が名高い。（『太祇句選』）季語＝連翹（春）

4日

靴下を花と残して磯遊　野中亮介

もうすぐ子どもたちの春休みも終わる。親子で磯遊びなど計画する人も多いだろう。小さな靴下を岩に脱ぎ捨ててまずはおずおずと海に足を浸ける。磯巾着・アメフラシ・ヤドカリ・小蟹・小魚……。若布もひじきも貝殻も何もかもが面白く、ついにはズボンやスカートまで濡らしてしまうのだろう。用意してある着替えにくるりと着替え、岩の上の靴下をぶらさげつつ振り返る一日の何と楽しかったこと。（『風の木』）季語＝磯遊（春）

5日

げんげ田や花咲く前の深みどり　五十崎古郷

幼いころ私の家の裏はいちめんのげんげ田だった。この句の言うようにげんげの緑は深い。豆科特有の柔らかな葉に混じって雀の鉄砲などが生えていることが多いが、色も異なるのですぐに分かる。やがて赤紫の冠型の花がいっせいに咲くと甘い香が辺りに漂う。摘み溜めた花が手の中で萎れて温かくなっていた懐かしい日々。（『五十崎古郷句集』）季語＝げんげ田（春）

6日

どこまでも日ざしやはらか母子草　西宮　舞

母子草は優しげな花だ。全草が細かい産毛に覆われてビロードに似た手触り。蕾は針で突いたような濃い黄色で、それが次第に膨らんで咲く。長短二本が並んでいると母と子が手を繋いでいるように見える。柔らかな日ざしの満ちる昼下がり、作者も我が子の手を引いて散歩しているのかもしれない。道端の花の名を子どもに教えながら。（『千木』）季語＝母子草（春）

7日

「大和」よりヨモツヒラサカスミレサク　川崎展宏

「大和」は戦艦大和。「ヨモツヒラサカスミレサク」の片仮名書きは、沈没したままの「大和」から受けた打電のかたちを取っている。菫は可憐な野の花、優しい路傍の花、立ち止まって屈まないと姿をきちんと見ることができない花だ。無数の菫が黄泉平坂にある魂から立ちのぼってくる。(『義仲』) 季語＝菫(春)

8日

花御堂濡れたる椿挿しにけり　上野章子

四月八日は釈迦の降誕を祝う仏生会の日。誕生仏を安置する花御堂は、摩耶夫人が無憂樹の花咲く下で釈迦を生んだというルンビニー園にちなみ、さまざまな花で屋根を葺く。そこに挿された椿がひときわつややかで美しい。句集『桜草』はこの句の前に〈その心いつも抱きて今日虚子忌〉を収める。章子は虚子の末娘。虚子の忌日は四月八日で、戒名から「椿寿忌」ともいう。(『桜草』) 季語＝花御堂(春)

9日

これはこれはとばかり花の吉野山　貞室

役行者が蔵王権現像を刻み祀ったことから神木とされ、献木として増え続けた吉野の桜。「これはこれは」と言うことしかできないというこの句は、感動の極みの表現として名高い。芭蕉も『笈の小文』の中で、良経・西行の歌に続きこの句に触れ「あるは摂政公のながめにうばはれ、西行の枝折に迷ひ、かの貞室が是は是はと打なぐりたるに、我いはん言葉もなくて、いたづらに口を閉ぢたるいと口をし」と述べている。（『一本草』）季語＝花（春）

10日

山又山山桜又山桜　阿波野青畝

連なる山から山へと目を移し、大景の山桜を眺める。「ヤママタヤマヤマザクラマタヤマザクラ」と声に出すと分かるように、六音（うち五音はア段の音）のバリエーションしかなくそれがリズミカルに配置されている。漢字ばかりという表記も相俟って、いきいきとした心地よさのある句。

（『甲子園』）季語＝山桜（春）

11日

空をゆく一とかたまりの花吹雪　高野素十

この季節わが家の近くを歩くと桜に出会う。道路沿いの染井吉野もだが少し外れると山桜だ。一昨日友人と谷の山桜を眺めていたら、山桜の花びらは染井吉野より軽いため散り方が違うのだと教えられた。青空の中を塊になって花吹雪が流れてゆく。幻のように美しいこの句の景色は山桜ならではのものだ。（『野花集』）季語＝花吹雪（春）

12日

人恋し灯ともしころをさくらちる　白雄

音も意味を成すということをこの句を読むといつも感じる。上五中七の「ヒト」という音を始めとする同音の多用とその組み合わせにより、ひらひらと花が散るさまが髣髴とする。上五中七までイ段・オ段の音しか出てこないため、「サクラ」に現れる二つのア段音がことに晴朗に感じられるのだと思う。それゆえ一句は切ないまでの慕わしさを湛えているのであろう。（『しら雄句集』）季語＝落花（春）

13日

ちるさくら海あをければ海へちる　高屋窓秋

何故か一続きに思い出してしまう句があって、右の白雄の句と窓秋のこの句がそうだ。白雄の句の座五「さくらちる」から折り返すように「ちるさくら」と読んでゆくと、まるで違う場所に連れ出されるのに驚く。静けさの極まる中、「あをければ」に含まれるエ段音の連続にあえかな昂ぶりがあり、読むと胸が締め付けられる。（『白い夏野』）季語＝落花（春）

14日

生も死もしろつめ草の首飾り　鳥居真里子

幼いころ白詰草の首飾りが好きだった。首にかけた冷たさと香りが今も蘇る。白詰草の名の由来は江戸時代にオランダから輸入された硝子製品の詰め物として使われていたことからという。「死」という語から柩に詰める花へ想像が行くのは飛躍しすぎなのかもしれないが、私はただ安らかに満ちる光と細い歌声をこの句から感じる。（『月の茗荷』）季語＝しろつめ草（春）

4月

15日

われにある妻いとほしやはこべ咲く　森川暁水

境涯の吟詠から一茶に比されることもある暁水の句集『黴』には、〈冱てる夜や妻にもしひる小盃〉〈月のものありてあはれや風邪の妻〉〈袷著ててんてんうごく女房かな〉他、妻の句が極めて多い。この句は妻への思いを直接に述べたもの。白い小花を鏤めた葉は小鳥の餌などにもなる柔らかさで、地を這い緑に染める。（『黴』）季語＝はこべ（春）

16日

菜の花や和泉河内へ小商　蕪村

黄色い菜の花の咲き誇る豊かな村に行商人が回ってくるという。明るい景色が眼前に広がる句だ。この句の作られた当時、畿内は菜種の圧搾技術の進歩に支えられ、〈菜の花や月は東に日は西に〉の広大な景そのままの一大産地となっていた。〈なのはなや摩耶（摩耶）を下れば日のくるゝ〉〈菜の花や壬生の隠家誰〳〵ぞ〉などあちこちの菜の花を蕪村は詠んでいる。（『落日庵句集』）季語＝菜の花（春）

17日

フリージア匂ふ岬や水の空

甲斐由起子

私はフリージアの香りが好きだ。この文を書いている卓上にもフリージアがある。顔を近づけると甘さの中にほんのりスパイスが効いていて幸せな気持ちになる。この句を読むと、そのフリージアが咲き満ちる岬に一気に連れて行かれるようだ。潮風と花の香。視線を上げると空。薄青くふるふると美しい空に心が洗われる。(『春の潮』) 季語=フリージア(春)

18日

チューリップ喜びだけを持つてゐる

細見綾子

アンドレ・ケルテスの写真「メランコリックチューリップ」が頭から離れなかったのは二十歳を過ぎたころだっただろうか。水中の茎といいうなだれる花首といい今も目に浮かぶ。それでもやはり、チューリップはといえばそれは喜びの花だ。子どもがはじめて描く花。赤と緑のクレヨンがあればいい。そう、人ははじめ喜びだけを持って生まれてくるのだ。(『桃は八重』) 季語=チューリップ(春)

19日

山吹や小鮒入れたる桶に散る　正岡子規

〈ほろ〳〵と山吹ちるか滝の音　芭蕉〉〈山吹や井手を流るゝ鉋屑　蕪村〉など、山吹の花は水に親しいものであるようだ。しなやかに伸びる枝、黄金色の花、若緑の葉が水のきらめきとよく響きあうからであろう。子規のこの句は桶の小鮒。釣ってきたものだろうか。濡れた山吹の花びらがはっとするほど鮮やか。（『子規句集』）季語＝山吹（春）

20日

花束のごと春日傘さげてをり　土肥あき子

初めて日傘をさしたのは大学生のころ。母に買って貰った長傘は年齢不相応に豪華なレース製だったが、毎年丁寧に洗って長く使った。この句の花束という喩えから大好きだったその日傘を思い出した。折りたたみ式ではなく木か籐の柄のついた白い長傘。かすかに持ち重りするそれだろう。穏やかでありながら確かに華やぐ春のひととき。（『鯨が海を選んだ日』）季語＝春日傘（春）

21日

あねもねのこの灯を消さばくづほれむ　殿村菟絲子

女神アフロディテから愛されたアドニスが死の際に流した血から咲いたと言われ、花言葉にも恋に纏わるものが多いアネモネ。この句のアネモネも血の色をしているのだろうか。深夜の静けさの中、開ききって色濃い蕊がいっそう露わになった花をみつめている。灯を消せば一挙に崩れてしまいそうな命をかろうじて怺えている姿だ。（『繪硝子』）季語＝アネモネ（春）

22日

俳句思へば泪《なみだ》わき出づ朝の李花　赤尾兜子

未刊句集『玄玄』（没後全句集に所収）にあり「このごろ」の前書を持つ。晩年鬱に苦しめられ始めた頃の作。この句の「李花」に兜子の親しんだ鬼才の詩人李賀を重ねた永田耕衣は、「自己心境のアンバランスの痛みが、結局調心的であるべき『俳句』形式に思い到って、カレを慟哭せしめている」と読む。李は中国では桃と並ぶ春の木の花。白く清楚な花だ。（『赤尾兜子全句集』）季語＝李の花（春）

23日

ピアノ弾く前の体操芝ざくら　津髙里永子

ピアノを弾く前の体操。なるほど指だけで弾くのではないのだと、この句を読んで新鮮に感じた。ピンクの絨毯のように咲き満ちる芝桜の明るさが体操の健やかさにふさわしい。句集『地球の日』は他にも〈指寝かせ弾く花冷の夜想曲〉〈灯し見るバッハの楽譜霜の声〉〈バイエルの聞こえてきたる巣箱かな〉などピアノを教える立場の人ならではの句を収める。（『地球の日』）季語＝芝桜（春）

24日

ふだん着でふだんの心桃の花　細見綾子

「草の花」が秋の季語ということを知った初学のころ、同時に、春に咲く木の花の美しさに改めて目がいった。梅・桜・桃など春は木の花が多い。中でもふっくら愛らしいのはやはり桃の花だろう。漢詩「桃夭」などの印象があるからかもしれない。「ふだん」という言葉を唱えるように繰り返すこの句には日々をいとおしむ心がある。（『桃は八重』）季語＝桃の花（春）

25日

青天や白き五弁の梨の花　原石鼎

『枕草子』の「木の花は」の段は紅梅・桜・藤・橘に続いて梨の花を挙げる。「世にすさまじきものにして近うもてなさず」などと貶した後、白居易の「長恨歌」の一節「梨花一枝春雨を帯ぶ」を引いて美しさに言い及ぶのだから手が込んでいる。この句は雨ではなく青天。その美を正面からすっきり詠った。「白き五弁」は梨の花の為にある言葉だと思えてくる。（『花影』）季語＝梨の花（春）

26日

しほるるは何かあんずの花の色　貞徳

清少納言の曾祖父（祖父とも）清原深養父の歌〈逢ふからもものはなほこそ悲しけれ別れむことをかねて思へば〉はいわゆる「物名歌」。和歌に登場する杏の花（からももの はな）の例外的な作だ。杏が詠まれるようになるのは俳諧の時代以降で中でも有名なのが貞徳のこの句。「案ず」と「杏」の掛詞をいかした作である。時代を隔てた二作を並べると愉しい。（『犬子集』）季語＝杏の花（春）

27日

東京を一日歩き諸葛菜　和田悟朗

母校の先生に高名な俳人がいらっしゃると知ったのは卒業してからだった。〈大学に鹿三頭の合格す　悟朗〉などを読むと長閑だった女子大のキャンパスが懐かしくなる。先日東京のとあるＪＲの駅のホームでぼんやりしていたら線路のそばに諸葛菜が点々と咲いているのに気付いた。先生も所用で東京を一日歩き回って諸葛菜に目を休められたのだろうか……。優しい紫色が目にしみた。（『櫻守』）季語＝諸葛菜（春）

28日

春燈やはなのごとくに嬰のなみだ　飯田蛇笏

昭和十六年の次男数馬の病没に続き長男聰一郎（鵬生）・三男麗三を相次いで戦で喪った蛇笏。『雪峡』の二十二年の章には「鵬生抄」十四句が置かれ深い悲しみを伝える。この句はそれから四年を経た二十六年の章に出る句で蛇笏は六十六歳。春の灯火の下、幼子の黒目がちの目に溢れる涙を詠む。そのきらめきは花のように貴くあえかだ。新しく育ちゆく者への愛しさが籠る一句。（『雪峡』）季語＝春燈（春）

29日

かぼそさを編笠百合にしのびけり　　籾山梓月

細い葉の先が巻きひげ状になり花どうし支え合って咲くことが多い貝母。ひっそりと俯く薄い黄緑の花には、別名編笠百合のとおりの模様が浮き出る。「四月二十九日梓雪が小斂忌に逮夜の客まうけするとて花をいけつゝ」の前書を持つ句。梓雪は梓月の妻。風邪から肺炎をおこし三か月足らず病臥しただけで数え年三十八歳の若さで亡くなった。（『冬鶯』）季語＝編笠百合（春）

30日

山藤が山藤を吐きつづけおり　　五島高資

藤は『万葉集』の時代から親しまれる雅やかな花で、大きな藤棚に作られた名木・古木も知られる。一方、山の樹間に高く咲き上る野生の藤もはっとするほど美しい。『雷光』には著者の英訳がありこの句の訳は「Clusters of wisterias spitting themselves out」という。「吐きつづけ」は連なる花房の単なる描写ではなく、一木に漲る命の根源に眼を向けたものだろう。（『雷光』）季語＝山藤（春）

五月

1日

花びらのうすしと思ふ白つゝじ　高野素十

この句を読み白躑躅の花びらをよく見ようと庭に出た。細い脈が浮き立つ花びらは確かに紅や薄紅のそれより薄いものに見える。硬く張りがあるが、指を添えてみると指の影が透け、ひやりとした感触が残った。白躑躅はその蕊も純白。ちなみに紅には紅、薄紅には薄紅の蕊がつくのだから何と律儀な花であることか。（『高野素十自選句集』）季語＝躑躅（春）

2日

草も木も水も八十八夜の香　黒田杏子

今日は八十八夜。小学唱歌「茶摘」のフレーズにも親しまれるように、夏をすぐそこに控えた輝かしさがあり農事の目安ともなる日である。「八十八夜の別れ霜」などという語もあるが、そろそろ天候も定まってくる頃だ。緑美しい草木、迸り透き通る水。その一つ一つに身を寄せてかぐわしさを胸深く吸う。三度繰り返される「も」に喜びがある句。（『花下草上』）季語＝八十八夜（春）

5月

3日

この花に勿忘草といふ名あり　清崎敏郎

勿忘草の名は、恋人のためこの花を摘もうとして死んだ中世ドイツの騎士の物語による。「ながれのきしのひともとは／みそらのいろのみづあさぎ」で始まる上田敏の訳詩「わすれなぐさ」に知られるように、誤って川の流れに呑まれた彼の最期の言葉が「私を忘れないで」だった。瑠璃色の小さな花の芯は薄黄色の星のようにも見える。切なく優しい花だ。（『凡』）季語＝勿忘草（春）

4日

葺きあまる色濃き菖蒲一束ね　西島麦南

五月四日、邪気を払い火災を避けるまじないとして菖蒲に蓬を添えて軒に葺く。軒からも余った葉からも清々しい香が立つのだ。「色濃き」は勿論葉の緑のこと。サトイモ科に属する菖蒲は古名を「あやめ」というがアヤメ科のあやめとは別種。花は意外なほど地味で、もっぱら葉の芳香と根の薬効を用いる。明日はこの葉を菖蒲湯にする家庭も多いだろう。（『人音』）

季語＝菖蒲葺く（夏）

5日

男とは父とは菖蒲湯の熱き　細谷喨々

菖蒲は尚武に通じ端午の節句には欠かせないものだ。刀に似たすらりとした葉を熱い湯舟に浸けると生姜に似た香が立ちのぼる。「男とは父とは」とは心を奮い立たせる言葉なのだろう。そういえば息子が赤ん坊のころ、夫は菖蒲湯だけは必ず自分の手で入れていた。私はほかほかの子をタオルで受け取る役目だった。（『二日』）季語＝菖蒲湯（夏）

6日

葉桜の中の無数の空さわぐ　篠原梵

葉桜といえばこの句を思い浮かべる、という人は多いのではないだろうか。混み合う桜の若葉を見上げるとその隙間から空が見える。そのさまを「無数の空」という思い切った断定で表現するとともに、細かく風に吹かれる葉のさまを「(空が)さわぐ」と言い留めた。思わず空を仰ぎたくなる句だ。

（『皿』）季語＝葉桜（夏）

7日

白牡丹といふといへども紅ほのか　　高浜虚子

「白牡丹と」という上五の字余り、中七「いふといへども」の揺らぐような音の配列が咲き満ちた花びらを感じさせる。その気品ある白に揺曳するほのかな艶を「紅」で言い留めた句。眼前嘱目ではなく新聞俳句大会の席題の句として作られた句という。記憶の中で純化されただろう映像がはっとするほどみずみずしい。(『五百句』) **季語＝白牡丹（夏）**

8日

朝日子の押し寄せてゐる牡丹かな　　大峯あきら

「朝日子」は朝日の美称。「押し寄せて」という言葉の持つ強い質感は、牡丹を客体として見るというより、ふと牡丹と一つにあった瞬間を感じさせる。句集『牡丹』のあとがきで、「『花と話ができるとよいな』と言うのは、鈴木大拙の言葉として知られています。最近の私にも、この思いは切実です」と作者は語る。(『牡丹』) **季語＝牡丹（夏）**

9日

母に蹤き筍流しこそばゆし　岸田稚魚

「筍流し」は筍が出る頃の湿った南風をいう。老母の散歩に従い歩いているとふと子どもに返ったような甘くくすぐったい気分になったのだろう。〈母の顔へ灯がいっぱいや秋立ちぬ〉〈胸ぐらに母受けとむる春一番〉〈母死後の目に一杯の花杏〉など母への愛慕を詠む作者には〈母の日の母きよの名のまたはるか〉という切ないまでの名句がある。五月第二日曜日は母の日。（『筍流し』）季語＝筍流し（夏）

10日

水木散るこまかき雨の降るやうに　井越芳子

緑の枝が扇状に広がり無数の白い小花を付ける水木は、遠目には枝が受け皿となって雲に似た花を載せているかに見える。その樹下に入り絶え間なく花の落ちるさまを仰いでいるのだろう。水木の名は枝に樹液が多いことから付けられたもの。滴るがごとき白い花は、ひとたび樹に吸われそして地に還りゆく雨の化身なのかもしれない。（『木の匙』）季語＝水木の花（夏）

11日

桐咲いてほつそり育つ男の子　飯島晴子

この句の「桐」を他の花と置き換えて取り合せを論ずる文中で晴子は、「桃」では上五と中七以降が平行線、「朴」では落差の様相が平板、「桐」であれば微妙な違和感と親近感が同時に顕つと語る。桐は神聖で高貴なイメージを持つ木。高みに咲く薄紫の桐と「男の子」は絶妙の取り合せだ。幼年期ではなく少年期の男子だろう。（『儚々』）季語＝桐の花（夏）

12日

天上も淋しからんに燕子花　鈴木六林男

「天上も淋しからん」と観ずるのは天にまでしみわたるほどのこの世の淋しさがあるからなのだろう。燕子花はあやめとは違って湿地に咲く花だ。名所として古くから知られる京都の太田神社・太田の沢の群落は今がちょうど見頃。燕に似てややふっくらした深い紫の花が天を慕うかに群れ咲いていることだろう。（『国境』）季語＝燕子花（夏）

13日

著莪にほふ木立つめたし疾く歩む　原田種茅

私は大抵の花が好きだが著莪は苦手だ。湿った木蔭に群れ咲くさまに独特の生気があり鱗翅目のいきものを想像してしまう。この句の「つめたし」にもひやりと首筋を撫でられるような感覚が混じっているのではないだろうか。句を引くにあたって匂いだけは確かめねばと著莪に顔を近づけた。芳香を確認し急いで身を引いてから何だか悪いことをした気分になった。（『径』）季語＝著莪の花（夏）

14日

すずらんのりりりりりりと風に在り　日野草城

立ち上がった一本の茎に白い小花を連ねる鈴蘭。茎も花も硬いため、風を受けると細かく震える。そのさまを「りりりりりり」と音色で捉えた。昭和二十九年作で、句集のこの句の前後には「すずらん空を来る」の前書を伴って〈すずらんや昨夜函館の野にありし〉〈眠れねばすずらんの香を恃みけり〉がある。三十一年一月に没した草城晩年の句。（『銀』）季語＝すずらん（夏）

15日

牛の眼のかくるゝばかり懸葵　栗津松彩子

総勢五百余名の王朝行列が御所を出発し、下鴨神社を経て上賀茂神社へと向かう葵祭。内裏宸殿の御簾から勅使、供奉者、牛車、牛馬にまで飾られる葵（正式名フタバアオイ）の葉は一万枚にもなる。この句はその瑞々しい緑をクローズアップした。かつて上賀茂神社に群生していた葵の再生プロジェクトが二〇〇七年から始まった。全国の里親が育てた葵が神社の森を経て今年の葵祭にも役だっていることだろう。（『松彩子句集』）**季語＝懸葵（夏）**

16日

愁ひつゝ岡にのぼれば花いばら　蕪村

この句と同題と考えられる〈花茨故郷の路に似たるかな　蕪村〉には「かの東皐にのぼれば」と前書がある。陶淵明の「帰去来辞」の一節「東皐に登りて以て舒嘯し、清流に臨みて詩を賦す」を踏まえたもので「東皐」は東の岡のこと。愁いを抱きながら岡に登ると白く清楚な茨の花の芳香に包まれ、郷愁で胸がいっぱいになるのだ。（『蕪村句集』）**季語＝花いばら（夏）**

17日

卯の花をかざしに関の晴着かな　曾良

『おくのほそ道』白河の関の句で、冠を正し衣裳を改めた古人に習い、せめては卯の花をかざしにして晴れ着のつもりとしよう、という。この句の前には「この関は三関の一にして、風騒の人心をとどむ。秋風を耳に残し紅葉を俤にして青葉の梢なほあはれなり。卯の花の白妙に茨の花の咲き添ひて雪にも越ゆる心地ぞする」とあり、古歌への敬慕と色彩の妙が印象深い。（『おくのほそ道』）季語＝卯の花（夏）

18日

ひと日臥し卯の花腐し美しや　橋本多佳子

「卯の花腐し」は卯の花を腐らせる雨の意。卯の花は凡河内躬恒の〈ほととぎす我とはなしに卯の花の憂き世の中に鳴きわたるらむ〉のように「憂し」という語を呼び出して使われることがある。ひと日微恙に臥したという多佳子の句は白い卯の花のイメージを背景に古歌の香りを纏う。シ音の繰り返しが囁きのようだ。（『信濃』）季語＝卯の花腐し（夏）

5月

19日

刻々と海の落日棕櫚の花　舘野　豊

円柱状の幹が一本直立する棕櫚は、高いものでは十メートルを越える。雌雄異株。ことに目を引くのは雄花の花序で、黄色い塊が首を曲げたような格好で突き出る。その花に覆い被さる大きな葉を貫いて、夕陽がさしてきた。棕櫚の花も刻々と落ち行く太陽も力強い。上る力があるように沈む力もあるのだと教えられる。（『夏の岸』）季語＝棕櫚の花（夏）

20日

手の薔薇に蜂来れば我王の如し　中村草田男

数多の花の中でも病害虫が発生し易く栽培に細やかな気遣いを要する薔薇。王侯貴族、中でも美女に纏わる逸話は数知れない。手に持った薔薇に羽音を立てて蜂が近づいてくるというこの句は、見事な色彩と芳香に酔う豪奢な気分をおおらかに詠んだ。句集『長子』は昭和十一年刊。明治以降西洋から本格的に導入された栽培薔薇の普及が一句の背景にある。（『長子』）季語＝薔薇（夏）

21日

凛として鉄線花風を乗りこなす　三村純也

中国原産で古く日本に渡来した鉄線は羽状の複葉が茂り平たい花が開く。「乗りこなす」が風に持ち上げられるように揺れる鉄線にまことにふさわしい洒脱な一句。鉄線に似た花に日本原産のカザグルマがあり、両者は十八～十九世紀にかけて西洋に移入され多数のクレマチス栽培品種を生み出した。近代以降里帰りしたかたちのクレマチスは今日では薔薇とともにすっかり日本の庭に馴染んでいる。（『Rugby』）季語＝鉄線花（夏）

22日

改札で父が手を振る花みかん　黛まどか

久しぶりに故郷に帰ってきた。改札口まで出迎えてくれた父が大きく手を振っている。作者の故郷湯河原には蜜柑畑が多く、野面積みになった石垣の上に白い花が咲き満ち甘い香りを漂わせる。句集『B面の夏』ではこの句と並んで〈白玉や母でなければ言へぬこと〉がある。父の愛・母の愛。表現は違ってもどちらも無償の無条件の愛だ。（『B面の夏』）季語＝花みかん（夏）

23日

梅檀の咲き溢るれば亡き子見ゆ　飯田龍太

梅檀は古名を「あふち」と言い、亡き人に結ぶ作として『万葉集』の〈妹が見し楝の花は散りぬべしわが泣く涙いまだ干なくに〉などがある。雲のように満ちる薄紫の小花を仰いでいると、亡き子への思いが胸底から溢れ出すのだ。龍太の次女純子は病臥一日、六歳にして亡くなった。〈露の土踏んで脚透くおもひあり〉〈枯れ果てて誰か火を焚く子の墓域〉などを経て十六年後に詠まれた句。(『山の木』) 季語＝梅檀の花（夏）

24日

百年は死者にみじかし柿の花　藺草慶子

柿はこの季節、襞をなす緑の蔕の間からうす黄色の花を覗かせる。やや開いた壺型がいとけない花だ。この句は樹下に零れていた柿の花を見るうち心に浮かんできたとのこと。親しい人を亡くしたばかりで呼びかけるような思いが一句となったという。生者の時間と死者の時間、その二つの時間を葉越しの明るい光の中で拾い上げた小さな花が教えてくれる。(『遠き木』) 季語＝柿の花（夏）

25日

薄明の牛の水場に水芭蕉　太田土男

牧場で昼も夜も放しっぱなしの牛である。山の牧場は牧柵で囲む一角に水場として沢が入るように作る。牛は朝早く起きて水場に行く。沢音と水を呑む音と時折の鳴き声、そして静寂。明け方の光に浮かび上がる幾頭もの牛と純白の水芭蕉が清らか。作者は牧場の草地の研究者。日光霧降高原大笹牧場などの景という。（『草原』）季語＝水芭蕉（夏）

26日

馬の癖乗つて覚えよ花ユッカ　中西夕紀

ユッカは庭園や公園などで見ることが多い。葉は硬く放射状に重なり先端は剣状。花は釣鐘に似て白く、直立した茎に吊り下がるように幾つも咲く。「馬には乗ってみよ、人には添うてみよ」という諺があるが、物怖じしない若さと大ぶりの花がぴたりと嵌る。「ユッカ」という発音も片仮名表記も快活な印象で、風と陽光を感じさせる句。（『都市』）季語＝ユッカ（夏）

27日

ロダンの首泰山木は花得たり　角川源義

泰山木は春季の辛夷・白木蓮と同じモクレン科の花。辛夷が日本、白木蓮が中国原産であるのに対し、北米産で三十メートル程の高木となる。この句は自宅の庭に新宅祝いに贈られた木を愛蔵のロダンの彫刻と取り合せて詠んだ。蓮に似た白色大輪の泰山木の花とロダンの彫刻とが共に存在感を保ちつつつややか。（『ロダンの首』）季語＝泰山木の花（夏）

28日

朴の花不壊《ふえ》の宝珠の朴咲けり　能村登四郎

第十三句集『芒種』所収の句である。朴は日本に自生するモクレン科の花で、葉は食物を包んだり盛ったりとなじみ深い。その大きな葉に抱かれるように開く白い盃状の気品ある花姿を「不壊の宝珠」と言い留めた。この言葉からは、第八句集『天上華』に収められた〈朴ちりし後妻が咲く天上華〉という亡き妻を悼む作が思い出される。（『芒種』）季語＝朴の花（夏）

29日

雛芥子は美しけれど妹恋し　長谷川零余子

雛芥子には、項羽の寵愛を受けた虞美人の死後にこの花が咲いたという伝説から虞美人草の別名がある。細かい毛の生えた茎の先に下向きの蕾がつき、緑の殻が外れると紙のように薄く華奢な花が零れ出て開く。それは確かに美しいけれど自分の大切な人は比べようもなく愛しい、というのだ。零余子の妻は近代女性俳句の魁として大きな役割を果たした長谷川かな女。

（『雛草』）季語＝雛芥子（夏）

30日

芍薬のうつらうつらとふえてゆく　阿部完市

芍薬は中国では古くから栽培され、牡丹の「花の王」に対して「花の宰相」と呼ばれる。日本にも平安時代に既に入り江戸期には「和芍」の様々な花型が生まれた。すらりと伸びた茎に咲く大輪の豪華な花は「立てば芍薬座れば牡丹」のように美女に喩えられ、根は鎮静作用などの薬効がある。かな書きの表記でその花の群れ咲く陶然としたひとときを描き出した一句。

（『軽のやまめ』）季語＝芍薬（夏）

31日

若葉して御めの雫ぬぐはばや　芭蕉

唐招提寺の開祖鑑真和上は七四二年に渡日を決意してから十二年、六回目の渡航で日本の地を踏むが、その間の辛苦により失明した。この句は鑑真和上坐像を拝しての作。柔らかで瑞々しい若葉の緑でその目の涙を拭って差し上げたい、という。来る六月五、六日は和上の命日にちなむ開山忌舎利会。この句の句碑は旧開山堂手前に立つ。(『笈の小文』) 季語＝若葉（夏）

六月

1日

えご散るや優しき声の降るやうに　金子　敦

公園や森を歩いていると、道一面にえごの花が散り敷く光景に出会うことがある。しばらくの間樹下に佇んで見ていると、雪のように敷く花の上に一つまた一つと花が降ってくる。細い花柄に俯いて咲き自ずから地に身を委ねる花に優しい声を聞くこの人は、花を見ながらその花の一つになっているのかもしれない。(『冬夕焼』) **季語＝えごの花（夏）**

2日

椎の花散りしく道にかゝりけり　松藤夏山

一口に散り敷くと言ってもえごの花と椎の花ではまるで違う。ブラシ状の細い花軸に付く椎の花は黄白色で細かく、その香は甘く生々しい。「かゝりけり」はさりげない言葉であるが、花の世界に踏み入る境を的確に捉えて読み手の意識を喚起する。同じ句集に〈遠目にはもゆる色なり椎の花〉もあり、こちらは盛り上がるように咲くボリュームを詠む。(『夏山句集』)

季語＝椎の花（夏）

3日

犬老いて一日眠る栗の花　栗田やすし

私は同い年の犬と一緒に育った。よく背中に乗って遊んだ。散歩に連れて行くとたまにだが引きずられ田圃に一緒に落ちたりした。勇猛で賢かったが最期はこの句のようにうつらうつら眠ってばかりだった。栗の花という生気に噎せ返るような香を持つ花の下闇で眠ってばかりいる犬は、夢の中でふたたび子犬になっているのかもしれない。（『遠方』）季語＝栗の花（夏）

4日

じゃがたらの花遠くまで朝日さし　深見けん二

白や紫・うす紫の花が咲くじゃがいも畑がどこまでも続き、さし渡る朝日が恵みを与えてゆく景を詠む。句集『星辰』ではこの句の次に〈じゃがたらの花簪のそろひたる〉もあり、こちらは葉波の上に背伸びをするように突き出た花首を詠む。一面のじゃがいも畑と言えば北海道美瑛町が知られる。あと一月もすれば美瑛町にもこのような景色が広がることだろう。（『星辰』）季語＝じゃがたらの花（夏）

5日

十薬の今日詠はねば悔のこす　斎藤空華

三十一歳の若さで肺結核に没した空華の遺句集より。作者の胸中の灼けつくような昂ぶりが、読者の眼前にも一輪の十薬をはっきりともたらす句だ。「私は俳句に於ける対象の把握は、同じ対象と一つになるとしても、自分を没し或は滅する事なく、対象を自己の心意の中にたゝき込んで一つにすべきであると考へ出したのです。私はこれを『身に引きつける』と云ひたいと思ひます」と空華は言う。（『空華句集』）季語＝十薬（夏）

6日

藻の上を石榴の花の過ぎゆきぬ　中山世一

季語「万緑」が依ることで知られる王安石の詩の一節「万緑叢中紅一点」の「紅一点」が石榴の花。滑らかで艶のある朱色の筒状の萼から同じく朱色の花を零れるように咲かせる。この句はその花が萼ごと川に落ち、緑に靡く藻の上を運ばれゆくさまを描いた。水面の花の質感が鮮やかに伝わってくる。（『雪兎』）季語＝石榴の花（夏）

7日

てぬぐひの如く大きく花菖蒲　岸本尚毅

江戸時代は一大園芸ブームに湧いたが花菖蒲もその一つ。幕府の旗本菖翁松平左金吾定朝を中心に名花が数多く作出され、江戸堀切の菖蒲園は浮世絵にも描かれる行楽地となった。この句は花菖蒲が艶やかに咲くさまを活写したもの。〈てぬぐひのごとくに白し花菖蒲〉などの案を経てこの形となったという。一句は「白」を離れて自由な色と際だつ質感を得た。（『鶏頭』）季語＝花菖蒲（夏）

8日

逢ひたくて螢袋に灯をともす　岩淵喜代子

螢袋の名は、中に螢を入れる子どもの遊びから、火垂る袋すなわち提灯の類に見立てたところからなど諸説がある。それはともかくこの句は恋しい人に逢いたくて花に灯をともすという。こんな小さな花に心の灯を籠める人はきっと小さな人だ。「私」の中にいるその「小さな私」は、「私」の体をするりと抜け出し螢袋を提げて恋しい人のもとへ歩き出してしまうのだろう。「私」を一人置き去りにして。（『螢袋に灯をともす』）季語＝螢袋（夏）

9日

虎尾草《とらのお》を摘めば誰もが撫でにけり

小島　健

仲間と草原にやってきて気持ちのいい時間を過ごしているのであろう。オカトラノオの白く可愛い花穂を見つけてひょいとつみ取り皆に見せると、誰もが撫でる。確かにあの弓なりのふさふさとした花は一撫で、二撫でしたくなるものだ。この句からは楽しい笑い声やくつろいだ話し声が聞こえてくる。(『木の実』) **季語＝虎尾草（夏）**

10日

妻は子に一辺倒や茄子の花

冨田正吉

「夫婦」から「お父さんとお母さん」になると大抵の女性はこうなる。子どもは何をするか分からぬ待ったなしの存在だが夫は大人、頼れる同志であるため少し甘えてしまう。そんな妻を見て置いてけぼりにされたような気分になりつつも、「この妻子のため頑張ろう」と思うお父さんの句。俯いた紫の花びらと行儀良く揃う黄色い蕊が美しい茄子の花。千に一つも仇がないといわれる花だ。(『卓球台』) **季語＝茄子の花（夏）**

6月

11日

夕刊のあとにゆふぐれ立葵　友岡子郷

オートバイの断続的な排気音が近づいてきたと思うと郵便受にかさりと音。夕刊の配達である。ゆっくり読んだあと庭を見ながら寛いでいるとようやく夕暮れ。庭にある立葵が夕風に揺れ始めた。夏本番には二メートルを越そうかという太い茎に、薄紙細工のような大きな花が咲きのぼる。立葵は日々の暮らしに即した健やかな花だ。（『葉風夕風』）季語＝立葵（夏）

12日

夕暮はたたみものして沙羅の花　矢島渚男

乾いた洗濯物を軽く手のしをしながら畳み、角を揃えて積んでゆく。単純だが、この単純さに心がほどかれてゆく。沙羅の花が咲くのは梅雨時と重なることが多い。この日は晴れたのだろう。庭の沙羅の木を見やると咲く花、そして落花。釈迦がその木の下で涅槃に入った沙羅樹の名を借りるこの花は目にしみるように白い一日花だ。（『翼の上に』）季語＝沙羅の花（夏）

13日

あをぎりや灯は夜をゆたかにす　髙柳克弘

梧桐は大きな緑陰を作り、街路樹としてなじみ深い。滑らかで青々とした木肌と桐に似た広い葉に街灯があたり、涼しげな夜の景を作る。いわゆる不夜城のような灯ではなく、日中忙しかった人をほっと一息つかせるような灯。梧桐に誘われてまなざしを上に送るとそこには豊かな夏の夜空が広がっている。（『未踏』）季語＝あをぎり（夏）

14日

感情はひつくりかへる青芭蕉　恩田侑布子

芭蕉に「芭蕉を移す詞」がある。その結びの一文として有名な「唯このかげに遊て、風雨に破れ安きを愛するのみ」のように、芭蕉の葉と風とは切っても切れないものだ。この句は青々とした葉が強い風に煽られた瞬間を鮮やかに捉えた。「感情」という言葉が鮮烈。同じ句集には〈青嵐てふ永遠へ連れ立たむ〉もあり、ともに「青」という語の息吹を伝えてくれる。（『空塵秘抄』）季語＝青芭蕉（夏）

6月

15日

万緑や死は一弾を以て足る

上田五千石

人の命は一弾で終わるほど実はあっけないものだ。生命力溢れる万緑という季語を得たこの句を読むたびに「今生きていること」の張り詰めた不思議にいざなわれる。第一句集『田園』所収。自註には「先に師匠に頼まれて一枚短尺を書いたきり、この句の揮毫はしない。『死』はわが俳諧の忌字」という。そういえば最後の句集『天路』には〈冬薔薇死よりも愛にこころ遣り〉がある。深々とした愛に到る作者の歳月を思う。（『田園』）季語＝万緑（夏）

16日

青梅の臀うつくしくそろひけり

室生犀星

各地で梅雨に入りつつある。湿っぽくて余り好きになれなかった梅雨だが、「青梅雨」という季語を知ってからこの時季の緑の美しさをしみじみと感じるようになった。この句は「臀」という愛らしい一語が、あふれる青い葉の間に連なる太った実を髣髴とさせる。美味しい梅酒やシロップになる香りのいい実だ。（『犀星発句集』）季語＝青梅（夏）

17日

河骨の金鈴ふるふ流れかな

川端茅舎

太い根茎が白骨を思わせるため河骨の名がある。深緑で艶のある肉厚の葉が水上に出て、その間から伸びた花茎の先に鮮やかな黄色の花を一つつける。まろまろとしたそのかたちを金鈴と言い留めた。流れに目をやると水に沈む葉や水面に浮く葉もありそれらは薄く波打つ。眼前の確かな描写でありつつこの世を超えた境の趣を宿すのは、「骨」という言葉ゆえであろうか。（『華厳』） 季語＝河骨（夏）

18日

あぢさゐの色をあつめて虚空とす

岡井省二

梅雨に似合う花と言えば紫陽花。雨を含む花の毬と濡れた緑の葉は、人がすっぽり隠れるほどの塊を容易に成す。あづ（集まる）＋さゐ（真藍）が語源とされる花の色は印象深いがうつろい易くもある。この句は上五中七で吹き詰める花の実像を立ち上げておいて、座五で一気に虚の世界をひらいた。融通無碍ですべてがそこに収められている虚空。紫陽花寺として名高い京都宇治の三室戸寺に句碑がある。（『鯨と犀』） 季語＝紫陽花（夏）

19日

錆びてより山梔子の花長らへる　　棚山波朗

山梔子は学名ガーデニア・ジャスミノイデスにも知られるようにこくのある甘い香りを持つ。純白の花びらはしっとりとやや肉厚で、かつて欧米ではコサージュ用などにもてはやされた。庭先や公園などで咲き始めるとはっとするほど清新な趣だが、日を重ねるにつれ徐々に黄味を帯び無惨に茶色っぽくなってしまう。この句はその移ろいをしみじみと眺めたもの。朽ちてゆく時間も花の時間の一つだ。（『之乎路』）　季語＝山梔子の花（夏）

20日

雨を聴くわれ一片の黴の花　　鈴木節子

雨が続くと家の中も諸事滞りがち。用を片付けていたが少し休もうと座り、雨の音を聴いている。鬱々として黴になった気分。とはいえ只の「黴」ではなく「黴の花」だと言っているところがこの句の妙味である。「花」の語が自分の暗さに沈むだけでなくそれを少し横から眺める余裕を生み、そこはかとないおかしみを添える。（『春の刻』）　季語＝黴の花（夏）

21日

また雨が降る花茣蓙の香なりけり　細川加賀

染めた藺草で花模様などの柄を織りだした花茣蓙。さらりとした感触を楽しみながら寝転んでいると藺草の匂いが何だか湿っぽい。せっかく晴れたのにまた雨が降りそうな匂いがする……。明治期の錦莞莚の趣を伝える高級品と安価な品とに二分され、今では生活の中心からやや遠退いた感もあるが、この句の微妙な感覚に触れると、花茣蓙はやはり夏のくつろぎに欠かせない品だと思う。（『生身魂』）　季語＝花茣蓙（夏）

22日

渡り懸《かけ》て藻の花のぞく流哉　凡兆

小川にかけられた橋を渡ろうとすると何か美しいもの。足を止めて覗くと藻の花だ。五弁のもの、穂状のものなど種類によりさまざまだが、たとえばキンギョモと呼ばれるマツモ・ハゴロモモなどはゆらめく葉の間から水上に茎を立てて白い花をぱっちりと開く。流れる水と靡く緑、小さな花が涼やかな一句。（『猿蓑』）　季語＝藻の花（夏）

23日

どこからも骨が出てどこにも仏桑華　末吉　發

仏桑華は沖縄ではアカバナーとも呼ばれ生け垣に使われる他、墓地や仏壇に供える花ともされる。死者への強い思いが花に込められたこの句は平成二十二年の沖縄忌俳句大会大賞受賞作。自らの戦争体験を作品の基とする沖縄県在住の作者は「今も遺骨収集の記事が出る。沖縄のどこにでもまだ骨が出てくると感じた」と語る。今日は沖縄県慰霊の日。摩文仁の平和祈念公園で沖縄全戦没者慰霊式が行われる。季語＝仏桑華（夏）

24日

禅堂のぐるりの闇の今年竹　中川宋淵

禅堂の周囲は鬱蒼とし夜には深々とした闇に包まれる。その静寂の中に、今年出たばかりの竹が緑の命を湛えてすらりと立つ。作者は臨済宗の僧。白隠開山の静岡県三島市龍沢寺で山本玄峰に師事し後に同寺の住職となった。〈摩訶般若涼しき風の吹き通し〉〈一庵に日も月も入る秋の風〉〈霜あかりしておし並ぶ夜の伽藍〉など僧としての日々から生まれた句も多い。

（『雲母同人句抄』）季語＝今年竹（夏）

25日

繡線菊《しもつけ》やあの世へ詫びにゆくつもり　古館曹人

歳月を共に重ねた大切な人が、居るべきこの世に居ない。深い悲しみは悔恨を呼び、それが「詫びにゆく」という言葉なのだろう。けぶりたつ繡線菊がその人の幻に重なる。同じ句集ではこの句の右に〈鞦の木にはたと蟬止むこの世かな〉がある。一切の音の途絶えたこの世のすぐそばに、あの世はある。それなのにその少しの距離があまりにも遠い。（『繡線菊』）季語＝繡線菊（夏）

26日

梅雨深しらふそくに描く花びらも　柴田美佐

絵蠟燭に描いてある花びらといえば桜の落花だろうか。滑らかな蠟燭の面にとどめられている花は、火を灯されて崩れ落ちるまでは散り続ける花だ。「永遠」とは違う。「無時間」の中に漂う花、と言えばいいだろうか……。その悲しみを、降り込められた雨の底で我が身に引き受けて感じている人がいる。（『榠樝』）季語＝梅雨（夏）

27日

捩花のもののはづみのねぢれかな　宮津昭彦

芝生や土手などで見かけることの多い捩花。虫眼鏡で見るとラン科の花らしい豪華さだが小花であるため目立たない。ただ直立した茎を螺旋状に咲き上るさまに愛敬がある。その昔神さまの膝元でこの花は少し身を捩ってみせたのかもしれない。それを神さまが微笑んでご覧になったので、それ以来こうしているのかもしれない。もののはずみが自分でもなかなか気に入って。（『遠樹』）季語＝捩花（夏）

28日

花南天実る容をして重し　長谷川かな女

難を転ずる、火災を避けるなどと言われ、縁起のいい花として庭に植えられることの多い南天。大人の背を越す丈となり風にさやさやと音を立てる。その南天の白い花が咲き始めた。寂しげな花だが、確かに、赤く色づく実りの形そのままにたっぷりと咲いている。花に実りの姿を重ねた視点に興をそそられる一句。（『川の灯』）季語＝花南天（夏）

29日

通り雨来るか綿菅騒ぎ出す　前田攝子

直立した茎の上に綿をひとつまみ載せたような綿菅は、群生して湿原を白く染める。この句は尾瀬で詠まれたもの。涼やかな白に心を預けていると日が翳り始めた。湿った風も吹きどうやら通り雨が来るらしい。綿菅は雨に降られると濡れそぼち、美しさが半減してしまう。少し困り顔をした綿菅たちがさざめきあいながら揺れている。（『坂』）季語＝綿菅（夏）

30日

まつすぐに汐風とほる茅の輪かな　名取里美

六月晦日の祓が名越の祓。身についた罪や穢れを紙でできた人形へ移して祓うとともに、古来邪気を除く力があるとされる茅萱を大きい輪にした茅の輪をくぐり無病息災を祈る。この句は鎌倉の鶴岡八幡宮で詠まれたもの。由比ヶ浜からの汐風が段葛の道を吹きとおしまっすぐにくる。涼風と茅の輪の緑に心も体も瑞々しくなってゆく。（『家族』）季語＝茅の輪（夏）

6月

七月

1日

睡蓮のところどころの水まぶし　安藤恭子

七月は晴れやかさを連れてくる。あと二十日もすれば夏休みだった子どものころの記憶からか、気持ちが軽くなる。睡蓮は水の精ニンフから来た属名ニンファエアのとおり美しく光沢のある花をつける。池を覆うつややかな葉のところどころから見える水面が、きらりきらりと陽光をはねかえすと眩しい季節の始まりだ。（『朝餐』）　季語＝睡蓮（夏）

2日

ぬかりなく烏柄杓の立つところ　飯島晴子

今日は半夏生。「半夏」という草が生ずるころの意で、「半夏」は烏柄杓のこと。浦島草や蝮草の仲間だがはるかに細く小さく全体が緑いろ。季節がくると畑や庭隅などに背を伸ばしてちゃんと立っている。晴子には他にも〈烏柄杓千本束にして老いむ〉〈わたくしに烏柄杓はまかせておいて〉があり好みの花であったようだ。「ぬかりなく」に微笑が感じられる句。（『儚々』）

季語＝烏柄杓（夏）

7月

3日

合歓の花不在の椅子のこちら向く　森賀まり

庭の見える場所に椅子が一つ、庭に背を向けて置かれているのだろう。いつもそこに座って合歓の木を眺めていた人のまなざしが、今は静かな気配となってこちらに向いている。合歓の名は夜に葉が閉じることを眠りになぞらえたことから、漢字は葉が合することを婚姻に喩えたことからきたものという。ふさふさとした赤い花がたおやかに揺れる。（『瞬く』）季語＝合歓の花（夏）

4日

ねむり草驚いてから眠るなり　加藤かな文

ねむり草はおじぎ草の別名。属名「ミモサ」はギリシア語の「mimos（真似）」にちなみ、英名はセンシティブプラント。葉に触れると閉じて倒れることから来る名だ。「驚いてから」はその花の愛らしい動きを活写した言葉。なるほど只眠るのではなく突然の災難にびっくりして身を縮めるのだ。この花は天保期にオランダからきて愛玩用植物としてもてはやされたという。江戸時代からつついては愉しむ人がいたわけだ。（『家』）季語＝ねむり草（夏）

5日

鷺草や風にゆらめく片足だち　嘯山

先端が細かく裂けた広い二枚の唇弁が羽を広げた白鷺に似る鷺草。この句はまっすぐ立つ一本の茎に目を向けて「片足だち」というユーモラスな表現をした。飛ぶ姿として詠むのではなく立ち姿を詠むところがユニーク。栽培の容易な山野草の代表格として安価で手に入る鷺草だが、乱獲などにより自生地は激減している。花との付き合い方について考えさせられる。

（『葎亭句集』）季語＝鷺草（夏）

6日

月光の昨夜のしづくの金銀花　橋本榮治

忍冬の花は反り返った花びらの間から長い蕊を伸ばす。「忍冬」という字は冬も葉が残ることから、「金銀花」という別名は咲き始めが白くしだいに黄色くなることからついた。この句は金と銀の花がまじり咲くさまをかぐわしい月の光が降りそそいだものと見た。甘い香りに包まれた優しげな花が目に浮かぶ。（『放神』）季語＝金銀花（夏）

7月

7日

おしめりや朝顔市に人減らず

石川桂郎

朝顔の別名牽牛花にちなみ七夕を挟む三日間、鬼子母神境内から周辺に約百二十軒の市が立つ入谷朝顔市。江戸末期から明治にかけ変わり咲き朝顔を中心に賑わったが一時途絶え、戦後復活した。この句は雨にも関わらず衰えぬ人出を詠む。句集には〈朝顔市呼びこみ声を袖ばらひ〉〈朝顔は普段着の花鉢かろし〉更に「笹乃雪にて」の前書で〈朝顔市帰りのたぬし下足札〉もある。寛いだ一日だったようだ。（『高蘆』）季語＝朝顔市（夏）

8日

片白草雨よぶ白を塗りかさね

加藤三七子

ドクダミ科の花である半夏生は別名片白草といい、茎の上についた数枚の葉の表側が白粉を塗ったように見える。この句はその姿を鮮やかに言い留めた。水辺に多く生え、紐状の白花が咲く頃には特有の臭いを放つため「雨よぶ」というやや陰に傾く表現も似合う。花が終わると白い葉は緑に戻るというのだから神秘的だ。（『水無月遍路』）季語＝片白草（夏）

9日

漸くに落つくくらし雪の下　深川正一郎

めまぐるしい日々が漸く落ち着き、ささやかながら穏やかな暮らしが始まった。庭に目をやると雪の下がひっそりと咲いている。その名は白い小花を雪に見立てたことから。「鴨足草」「虎耳草」とも表記されるのは厚みのある丸い葉に由来するものだ。赤く細い匍匐枝を伸ばしてしだいに増えてゆく花が、新しい暮らしに馴染んでゆく姿と通い合う。（『正一郎句集』）

季語＝雪の下（夏）

10日

鬼灯市夕風のたつところかな　岸田稚魚

この時季、入谷朝顔市と並んで賑わうのが浅草寺の鬼灯市。七月九、十の両日、境内に約二百軒の露店が並ぶ。観世音菩薩の結縁日である四万六千日にあたり、夜遅くまで参詣者が絶えない。この句は暑い一日も夕べとなり露店に灯が入るころを描く。鬼灯の鉢がてらてらと光を帯びて華やぎ、夕風が吹き始め、市はいよいよ趣を増してゆく。（『筍流し』）季語＝鬼灯市（夏）

7月

11日

凌霄花《のうぜん》のほたほたほたりほたえ死　文挟夫佐恵

夏の強い日差しの下、傾いたラッパ型の美しい花が群れ咲く凌霄花。オレンジ色の総状花序は僅かな風にも戯れ遊ぶようによく揺れ、揺れてはほたほたと地に落ちる。遊び暮らした末路とも見える落花の姿を描いた句だ。清く正しく生きるだけが人生ではないだろう。ほたえ死も良いではないかと、この句を読むと思う。(『井筒』) **季語＝凌霄花（夏）**

12日

日に日々に日に日に日々に日日草　高橋悦男

庭先や花壇の他、沿道のコンテナなどにも植え込まれることの多い日日草。白や赤・ピンクの花・中心に赤い目のある花などがつやつやした濃緑の葉と映りあって美しい。自解には「『日に新たに日々に新たに日に又新たなり』の孔子の言葉をヒントに作った」とある。一つ一つの花は短命だが夏から初秋にかけて長く咲き続け、日々の生活を彩ってくれる花だ。(『海光』)

季語＝日日草（夏）

13日

ああ今日が百日草の一日目　　櫂　未知子

日日草と似た名の花に百日草がある。同じく花期が長く、暑さに耐えて愛らしい花を旺盛に咲かせる。日日草と違って一つ一つの花も花持ちがよいため、仏花などにされることも多い。この句はその百日草の最初の開花を捉えた句。なるほど百日咲くのなら一日目はある筈で着眼点の斬新さに驚く。（『セレクション俳人　櫂未知子集』）季語＝百日草（夏）

14日

照り返す地べた親しや滑りひゆ　　池田澄子

夏の雑草の代表格が滑りひゆ。地を這ってよく分枝して増える。同じスベリヒユ科の松葉牡丹や「花滑りひゆ」の名で親しまれるポーチュラカとは違い花壇や畑の害草として忌まれることも多い。日が大好きな花でからからに乾いた白い地面に黄色い小花をちりばめている。滑りひゆは確かに地べたの花だ。（『いつしか人に生まれて』）季語＝滑りひゆ（夏）

15日

眉などは刷かぬ妻なり紅の花　市村究一郎

『おくのほそ道』の芭蕉の句〈まゆはきを俤にして紅粉《べに》の花〉を受けた作で、「紅の花」は「紅花」の異称。芭蕉の句はふさふさした花びらを化粧道具の一つである「眉はき」になぞらえたもの。この句はそれを受け、ことさら眉を刷くこともせず化粧気のない妻を詠んだ。普段着の妻へ注ぐ愛情深いまなざしが感じられる。（『庭つ鳥』）季語＝紅の花（夏）

16日

母の亡き夜がきて烏瓜の花　大木あまり

花びらの先が裂けてひろがり大きなレース状の花となる烏瓜。日没時から開き始め、夜目にも白く甘い香りを漂わせるが一夜で萎む。夢のように繊細なその花の傍らに佇むと美しかった母へと思いが向かう。母と共にあったさまざまな時間、いくつもの出来事。それらがすべて過ぎ、そして今母が居ない。悲しみと思慕が胸に満ちる。（『火球』）季語＝烏瓜の花（夏）

17日

帚木が帚木を押し傾けて　波多野爽波

夏の花壇や路傍に柔らかな緑の茂みを作る帚木。『源氏物語』の帚木の巻のように帚木伝説を俤にした作例も多いが、この句は純粋に様態を捉えたもの。二本の帚木の一方が他方を押し傾けるという生きた自然の姿。その姿との出会いを大切に詠んだ。句集ではこの句の右に〈帚木のつぶさに枝の岐れをり〉がある。二句を併せ読むと、一口に写生といっても狙いが全く異なることに気付く。（『湯呑』）季語＝帚木（夏）

18日

百合の香を深く吸ふさへいのちかな　村越化石

昭和十三年、ハンセン病発病のため旧制中学を中退、離郷した作者の昭和四十七年の作。二年前の四十五年に中途失明し全盲となった作者はこの句について「狭い庭であるが、妻が色々の花を植える。百合もその中のひとつ。夕風が立つとひときわ高く匂う。『いのちかな』がこの句のすべて」と語る。深々とした命の感覚とかぐわしい百合の香が通い合う。（『山國抄』）

季語＝百合の花（夏）

19日

夕萱や叱られし日のなつかしく　伊藤敬子

夕方から開き翌朝には萎む夕萱。山や高原などに群れ咲き、薄暮の風にうす黄色の花をいっせいに揺らす。間違ったことをすると父母に叱ってもらえた日々があった。たやすく泣いたり反発したり、幼子から娘時代を経ていつもいつも見守りつづけてくれた父母の恩を夕萱の優しさに包まれてしみじみと思う。（『百景』）季語＝夕萱（夏）

20日

水中花囲みコーヒーセット青　上野章子

子どもたちにとって夏は楽しみが山ほどある季節。朝から外で水遊び、昼食の後のお昼寝から覚めたら母のおやつ作りを手伝い、こざっぱりしたテーブルについて皆で楽しくお茶を飲む。この句にそんな光景を重ねても楽しいだろう。昭和二十年に幼子を伴って満州から帰還し、小諸滞在を経て二十三年に鎌倉佐助に落ち着いたころの作。涼しげな水中花に合わせて茶器の色も青。幸せの色だ。（『自註現代俳句シリーズ　上野章子集』）季語＝水中花（夏）

21日

玫瑰や今も沖には未来あり　中村草田男

今日から本格的に夏休みに突入、という学生・生徒も多いのではないだろうか。海辺に大きな茂みを作り、幹や枝に棘が密生して野趣がある玫瑰。「浜梨」が転じた名から窺えるように赤い実は食用となる。この句はその美しい花を詠んだもの。牡丹色で甘い香を漂わせ北海道に多く自生するこの花は、青春のかぐわしさにふさわしい。（『長子』）季語＝玫瑰（夏）

22日

夕顔の静かな渚にて眠らん　照井　翠

夕べの垣根に白い小花を咲かせる夕顔。『源氏物語』夕顔の巻などに窺えるように、高貴さや絢爛豪華さではなくひっそりした美しさを持つ花だ。その花が幾輪も開く上をさざ波をなして風が渡る。微かな音が微かな音へ繋がれ、白がただ白へ清らかさを渡す。そんな眠りの海に心の小舟を下ろしたい。（『雪浄土』）季語＝夕顔（夏）

7月

23日

へくそかづらとて渾身の華臙脂　大木孝子

指で花や葉、また実を揉むと悪臭がすることから屁糞葛の名があり、『万葉集』にも「クソカヅラ」の名で出る。そのような名を負わされてはいても花は渾身の力を籠めて咲く、とこの句はいう。白いラッパ型の芯が臙脂色に染まる可愛い花だ。道端のフェンスなどに逞しくからみつき咲き零れる。（『藻臥束鮒』）**季語＝へくそかづらの花（夏）**

24日

優曇華の先ピクピクと息づけり　上村占魚

ウドンゲはそもそも三千年に一度咲き、開花の際に如来が現れるという伝説の花。その花になぞらえてクサカゲロウの卵を優曇華と呼ぶ。細い糸状の柄につながった白い卵が林立、あるいは数本ずつねじれ、葉の裏や電灯の笠などでそよぐ。そのありさまをこんなに即物的にとらえた句も珍しい。ピクピクを繰り返したあと生まれ出た幼虫はアブラムシやハダニをムシャムシャ食べて大きくなってゆく。（『萩山』）**季語＝優曇華（夏）**

25日

昼顔の見えるひるすぎぽるとがる　加藤郁乎

昼間の強い日差しに開く昼顔。垣にからみついたり道路沿いの植え込みから突き出て蔓を旺盛に伸ばしたり雑草として知られるが、その花は柔らかく美しい。「る」の音が五度波打つように繰り返されるこの句は、眼前の花から幻の異国まであっという間に読み手をつれていってしまう。かな書きにされた不思議な国「ぽるとがる」は強い白日に晒された薄紅の国だ。
（『球体感覚』）季語＝昼顔（夏）

26日

瀧壺に瀧活けてある眺めかな　中原道夫

切り立つ崖を落下する水の量感、滝壺に跳ね散る飛沫。絶え間ない音といい辺りの空気を潤す水気といい、夏の暑さの中で滝の涼気は慕わしい。この句はその滝を「瀧壺」という壺に活けた花と見たもの。ふとした遊び心で滝を遥か昔に活けた神は、活け終えたあとしばし出来映えに見入ったのではないだろうか。滝を眺めながらその神のまなざしにふっと波長が合うようだ。（『アルデンテ』）季語＝滝（夏）

7月

27日

向日葵の百人力の黄なりけり

加藤静夫

北アメリカ原産でスペインを経て世界に広まった向日葵。属名ヘリアントゥスはギリシャ語で「太陽の花」。各国で太陽にちなんだ名が付けられている。外側の黄色い舌状花、芯の部分の筒状花ともに逞しく、筒状花は食用となる種をびっしり結ぶ。真夏の太陽の下で旺盛に育つ向日葵に「百人力の黄」の形容がぴたりとあてはまる。(『中肉中背』) 季語＝向日葵（夏）

28日

南浦和のダリヤを仮りのあはれとす

攝津幸彦

メキシコ原産でスペインを経て世界に広まり盛んに品種改良されたダリヤ。古典草花の持つ風情とは程遠い花が歌枕でもない南浦和に咲いている。それが私の今の「あはれ」なのだというのであろう。「南浦和のダリヤ」はおよそ古典的「あはれ」の情趣から断ち切れているが、その情趣が依拠する無常観そのものと縁なきわけではない。「仮りのあはれ」とは二重に無常観を畳み込んだ言葉なのだと思う。(『鳥子』) 季語＝ダリヤ（夏）

29日

お花畑ななめ登りに一路あり　岡田日郎

「お花畑」は夏の季語で、高山を登り詰めて開けた場所で出会うお花畑のことを言う。短い夏を盛りと咲く花々は登山の疲れを癒す愛らしさだ。一面のお花畑の間に頂上へと更に登る道。白茶けてごつごつした道が斜めに続いている。道が言われることで左右に咲き乱れる花がはっきりと感じられ、道の果ての大空へも視線がいざなわれる句。（『山華』）季語＝お花畑（夏）

30日

愛ぐしきはこの駒草のみづら髪　大橋敦子

高山植物の女王と呼ばれ砂礫の間に咲く駒草。細かく裂けた灰緑色の葉の間から十センチほどの茎を立て薄紅の花をつける。花びらは四枚で、内側の二枚は下半分が細く先が合着、外側の二枚は下半分が膨らんで先端がくるりと反る。その反りようを結った「みづら髪」と見た。同じ句集には〈駒草のローマ字めきて咲きにけり〉もある。gかjか、筆記体のmだろうか。こちらの見立ても愉しい。（『龍の落し子』）季語＝駒草（夏）

31日

月下美人力かぎりに更けにけり

阿部みどり女

夏の夜純白大輪の芳香ある花を開き数時間で萎んでしまう月下美人。この句は短命ゆえにいっそう鮮烈に感じられる美しさを「力かぎりに」の語で掬い取った。更けゆく夜を人々は息を詰めて花に見入っているのであろう。月下美人はクジャクサボテンの原種の一つ。自生地は中南米の森林で夜間、コウモリによって受精を媒介されるという。（『月下美人』）季語＝月下美人（夏）

八月

1日

夏草を嚙みても生きてあれと思ふ

岸　風三楼

戦地にある弟を思う昭和二十年の作。追い詰められた苦しみを思い、しかし痛苦を嚙みしめてでも命よあれとひたすらに願う。句集にはこの句から一句おいて「八月十五日」と前書のある〈かなくや万象すぐるまたゝく間〉を収める。更に七頁後には昭和二十一年の句として〈木の芽なほ小さし一片の訃を手にす〉がある。家族が帰還を待ちわびた弟は終戦前の五月にルソン島で戦死していた。その訃報が届いたのだった。（『往来』）季語＝夏草（夏）

2日

大夏野わが死にかざる一花なし

八並豊秋

青々と命の噴き出すが如き夏野で死を覚悟する作者。人の死は丁重に悼まれなくてはならないものだ。それなのにその死に一輪の花すら無い。この句は詩人丸山豊の戦記『月白の道』（創言社）に「ミイトキーナでたたかった八並豊秋氏」の句として引かれているもの。「月白の道」の書名は丸山の句〈月白の道は雲南省となる〉より。軍医として戦に赴いた丸山はこの記録の筆を執る迄に戦後二十五年の歳月を要した。（『月白の道』）季語＝夏野（夏）

3日

大雨のあと浜木綿に次の花　　飴山　實

海は暗くけぶり空は叩き付ける雨音と黒雲に閉ざされた。浜木綿の花も葉も傷んだ。しかし大雨の後、青空が現れ健やかな日が天地に差し渡り、たっぷり水を吸った浜木綿は新しく次の花を掲げた。浜木綿は海辺に多く自生し、花は白い幣を幾つも連ねたようなかたちで芳香を持つ。この句の純白は読む人の心に力を与える。(『次の花』)　季語＝浜木綿の花（夏）

4日

明けがたや水も動かず蓮匂ふ　　大　魯

明け方、静まりかえった蓮池にやってきた。自ずから立ちのぼる蓮の花の香に近づき、静寂に包まれた醇乎たる境に身を委ねるのである。大魯は蕪村の門人。もと阿波藩士だったが脱藩して上洛。性格がきつく同門や門下と融和してゆくことができず、安永七年病没した。蕪村は「大魯が病の復常をいのる」と前書して〈痩脛や病より起つ鶴寒し〉の句を贈っている。

(『津守舟二編』)　季語＝蓮（夏）

5日

切先に微塵の雨や青芒　行方克巳

地から噴き上げるように葉を伸ばす青芒は一メートルを越す高さとなって風に揺れる。その脇を通りぬけざま、葉先に輝く細かい雨の雫を見た。日の光に蒸れた青くさい匂いが辺りに立ちのぼり、むき出しの腕にはいつの間にか薄い切り傷がついているかもしれない。あっという間に蒸発して消え失せてしまう、かすかな痛みを伴った瑞々しさ。(『知音』) 季語＝青芒（夏）

6日

炎の樹雷雨の空に舞上る　原民喜

昭和十九年に愛する妻と死に別れた原民喜は、翌二十年春、広島の兄のもとに疎開し八月六日被爆した。原自身の原爆被災時のノートには「雷雨アリ川ヲミテハキ気ヲ催ス」「竜巻オコリ　泉邸ノ樹木空ニ舞ヒ上ル」などの記述がある。二十二年『夏の花』を「三田文学」に発表。二十六年に鉄道自殺した。(『原民喜全集』) 季語＝雷雨（夏）

8月

7日

ねむりても旅の花火の胸にひらく　大野林火

旅先で大空にひらく花火に出会った。床について目を閉じても残像が胸に蘇るという。「胸にひらく」という座五の字余りが大輪の花火を思わせる。現代では夏の季語として扱われることの多い花火だが、例えば隅田川のそれが死者の供養に端を発するようにそもそもは盂蘭盆会と関連する。そのためだろうか、次々に上がる花火を見ていると私はいつも或るミサ曲の一節を思い出してしまう。（『冬雁』）季語＝花火（夏）

8日

手花火を命継ぐ如燃やすなり　石田波郷

手囲いに楽しむ花火の代表格は線香花火だろう。威勢良く弾けていたかと思うと赤い珠が潤んで松葉のような火花を散らし、震えて落ちる。これ以外にも火を噴き出すものや色が変化するものなど花火は楽しく華やかだが、それがそのまま哀調に転ずる遊びでもある。闇から生まれ闇へ帰るまでの僅かな時を命の火をかきたてている。そんな生のかたちを思わせるからなのかもしれない。（『春嵐』）季語＝手花火（夏）

9日

夾竹桃おなじ忌日の墓並ぶ　朝倉和江

厳しい暑さに耐えて咲く夾竹桃は生命力溢れる花。とはいえ翳りを帯びた花だ。木自体に毒がありやや暗い緑の葉がよく茂るため、そして戦争のイメージと強く結びついているためであろう。長崎に原爆が投下されたその日、一瞬にして多くの人が死んだ。「長崎以外の人にもわかって貰えるだろうか」と自註に書く作者は、爆心地から二・五キロの地点で被爆し、原爆手帳を持つ身であった。（『花鋏』）季語＝夾竹桃（夏）

10日

広島忌長崎忌過ぎ頭状花　山本紫黄

頭状花とは多くの小花が集まって頭状の一つの花に見えるもの。その代表的な花である菊は深悼の思いを託して死者に手向ける花である。と同時にこの句の頭状花はその形状から原爆のきのこ雲を連想させずにはおれない。八月六日と九日からそれぞれ四日と一日が過ぎた今日は、あの八月六日から六十五年と四日、あの八月九日から六十五年と一日を重ねた日なのだ。菊ときのこ雲のダブルイメージが重い。（『瓢簞池』）季語＝広島忌（夏）・長崎忌（秋）

11日

もつ花におつるなみだや墓まゐり　飯田蛇笏

第一句集『山廬集』巻頭句で明治二十七年蛇笏の九歳以前の作。墓参の道すがら亡き人を思う心が花を涙で濡らすという。花は涙を帯びて亡き人に供えられるのだろう。花と墓参といえば蛇笏の子龍太にも〈母の手に墓参の花を移す夢〉がある。こちらは墓参の夜の夢の中での出来事だろうか。現ではもはや触れることのかなわぬ母の手に花を渡したというのである。心は花に縋って生死の境をふっと越える。（『山廬集』）季語＝墓参り（秋）

12日

草市に買ひたるもののどれも軽し　安住　敦

草市は盆の行事に必要な品々を売る市で盆市とも呼ばれる。蓮の葉や真菰の莚・苧殻・溝萩・茄子・鬼灯・土器他、土地によってさまざまなものを売る。総じて軽いものが多く、苧殻などはややかさばるがふわりと空気の束を持つような心地だ。乾いた草の香と水の香が風に混じる市である。（『午前午後』）季語＝草市（秋）

13日

千屈菜《みぞはぎ》の咲き群れて湧く水の翳

石原八束

ミソハギ（ミゾハギとも）の名は、盆の仏前の供物にこの花で水を掛けるため、禊萩《みそぎはぎ》から転訛したものという。千屈菜・溝萩などと書くが、千屈菜は生薬の名からきたもの。溝萩は水辺や湿地に群れ咲くことから。この句は盆花を摘みに野山に入った折りのものかもしれない。湧水が隆起を作り透明な襞をなして広がる。そのほとりに紅紫色の穂がひっそりと並んでいる。（『風信帖』）季語＝千屈菜（秋）

14日

なれゆゑにこの世よかりし盆の花

森　澄雄

前年の八月十七日心筋梗塞で急逝した妻への痛哭の句〈木の実のごとき臍もちき死なしめき〉から一年後の新盆に作られた句で、「『はなはみないのちのかてとなりにけり　アキ子』とともに墓碑銘となす」と前書がある。大切な人をあの世に持ち去られた深い悲しみのまなざしが、瑞々しい盆花に向けられる。（『餘日』）季語＝盆花（秋）

8月

15日

新しき猿又ほしや百日紅　渡辺白泉

「終戦」と前書のある句。滑らかな幹に強い日差しを照り返しつつ咲き続ける百日紅は夾竹桃と並ぶ八月の花だ。汗と埃にまみれた素肌と心が欲したものは新しい下着、それも軍国精神を宿す褌ではなく柔らかく白い猿股であった。終戦という大事に際し二度繰り返される「サル」の音は不釣り合いで、それゆえに痛烈でもある。（『白泉句集』）季語＝百日紅（夏）

16日

川音やむくげ咲《さく》戸はまだ起ず　北枝

木槿は夏から秋にかけて長い期間を次々に咲き続ける。刈り込みにもよく耐えるため、庭木のほか生け垣などに作られることも多い。その木槿の花が、とある家に咲いている。住人はまだ眠っている様子で家の戸は閉じられたままだ。早朝のぴんとはった大気の中に川音だけがきこえる清らかな時間。（『卯辰集』）季語＝むくげ（秋）

17日

朝顔に水やれば疲れ失すと言ひつ　中尾白雨

花には眺める楽しみの他に育てる楽しみがある。辛いことがあっても花をいじっていると心が和やかになる。この句の作者中尾白雨は昭和十一年、二十五歳の若さで結核に没した。二百句に満たない句集には庭の草花を詠んだ作が多く、仰臥の姿勢のまま庭を手鏡で眺めていたそうだ。朝顔の鉢は二三十はあったという。この句は母の言葉を句にしたもの。看病疲れをねぎらう息子に、朝顔に水をやりながら母は微笑む。（『中尾白雨句集』）季語＝朝顔（秋）

18日

空へゆく階段のなし稲の花　田中裕明

稲の花の開花は主に午前中の数時間。花びらはなく、緑の籾が割れて白い雄蕊が零れるように伸びる。籾の中の雌蕊が受精すると雄蕊を外に残したまま籾は閉じて再び開かず、実りの時へ向かうのだ。どこまでもむんとした青臭さの中で繊細な花の営みが行われている時間、意識は青空を一歩一歩上る。天涯でまなざしはとどまり、階段はない。青臭い風の只中に戻ると生の神秘と時空の遥かさがいちどきに心をひたす。（『夜の客人』）季語＝稲の花（秋）

8月

19日

藪枯らしきれいな花を咲かせけり

後閑達雄

藪枯らしは逞しい生命力を持つ。緑の葉と赤黒い色を帯びた蔓は絡み付いて木の上まで這い上り、藪をも枯らす勢いとなる。長く伸びる地下茎をもつためいったん生えると完全に除くのは難しく害草とされる。この句はその藪枯らしを厭うのではなく花に目を向けた。四枚の緑の花びらの中にあるオレンジ色の花盤は、花びらが散ると乳白色を帯びる。待針の頭ほどの可愛い花だ。（『卵』）季語＝藪枯らし（秋）

20日

俗名マサ産み生き風のねこじやらし

秦夕美

ふさふさした穂をつける狗尾草。折り取って揺らすと猫がじゃれつくためネコジャラシの別名がある。マサという一人の女が子を産み、生き、そして死んだ。柔らかに立てた緑の穂が風に従ってそよぐように周囲に逆らうことなく生きた。マサは作者の祖母。幼い作者を慈しんだ大切な人だった。（『夢騒』）季語＝ねこじやらし（秋）

21日

省略とは点と線との吾亦紅　山田みづえ

山野に生え、一メートルほどの高さになる吾亦紅。直立して分かれた細い茎に暗い紅紫色をした小さい穂状の花をつける。葉は目立たないため、茎と花穂だけに見えるシンプルな姿を鮮やかに捉えた句だ。この句を読むと、両手一杯に余分なものをたくさん抱えてなお欲を出している我が身がふっと恥ずかしくなる。（『手甲』）季語＝吾亦紅（秋）

22日

風船葛律儀に種のあることよ　辻美奈子

緑のカーテンとして人気の植物の一つが風船葛。その名の由来である風船状の実の中は三つに分かれ、丸い種が一つずつ入っている。熟すと色づく種には白いまま色づかぬ部分があり、それが猿の顔のように見える。緑の風船を破ると緑の小猿が額を寄せて何やら相談する姿。風船という気楽な名なのだから実るなんてことも忘れて良かろうに、どの実も律儀に三匹ずつ小猿を住まわせているのが何だか可笑しい。（『真咲』）季語＝風船葛（秋）

8月

23日

おほかたの露の吊船草破船　皆吉爽雨

茎の上部から出る花柄に紅紫色の花を付けるさまが舟を吊り下げたように見えることから、ツリフネソウの名がある。山の朝などであろうか。びっしり露を帯びた花が雫に透けやや重たげに下がっている。そのさまを難破船と見た。「おほかたの」というゆるやかな詠み始めから「破船」という硬い響きへの着地が印象的。(『三露』) 季語＝吊船草（秋）

24日

ふつくりと桔梗のつぼみ角五つ　川崎展宏

青紫にほんの少し乳白色を混ぜた桔梗の蕾。開花すれば五裂する花びらは小さな気球型にぴたりと閉じ、五つの閉じ目がぴんと角になるほど膨らんでいる。いつ開いても不思議ではないまでに膨らみながら、しっかり閉じている愛らしさ。そのさまを「ふつくりと」で鮮やかに言い留めた。(『秋』)
季語＝桔梗（秋）

25日

白粉花や子供の髪を切つて捨て　岩田由美

庭に種を蒔くと大きく育ち夕べには甘い香を漂わせる白粉花。その傍らで若い母親が子どもの髪を梳いては切っている。そわそわする子どもを宥めつつ仕上げ、少しくらい失敗してもすぐ伸びると気にしない。子どもが小学校低学年くらいまで我が家にもこのような光景があった。子どもとの時間はたっぷりあるようであっという間に過ぎる。この句を読むと、惜しげなく時を使っていたあの頃を眩しく思い出す。（『春望』）季語＝白粉花（秋）

26日

こんなきれいな時間がありぬ花芙蓉　岸田稚魚

我が家の台所の窓の脇に芙蓉がある。ゆうに三メートルはあろうかというそれを見るうちに、木槿と芙蓉の決定的な違いの一つが葉だと気付いた。芙蓉の葉は木槿より大きくずっと明るい緑で風にはためく。「こんなきれいな時間」は芙蓉らしい清潔な優しさをいう言葉だ。初秋の日がすけるテーブルから芙蓉を見ているだけで幸せな気持ちになる。（『紅葉山』）季語＝花芙蓉（秋）

27日

きつねのかみそり夜の口笛思ふさま　奥坂まや

狐の剃刀は曼珠沙華と同じヒガンバナ科。葉に先だって地から茎を伸ばしオレンジ色の花を付ける。花は半開きでそれが口を細めに開いたように見える。そういえば口笛が吹けるようになった幼いころ、夜に吹いていると「蛇が来るよ」と母に叱られた。この句を読むと私の目の前には妖しげな蛇がどこからかするする現れる。狐の剃刀と私は口笛で蛇を巧みに使う。蛇なんて怖くないさ。（『列柱』）季語＝きつねのかみそり（秋）

28日

芋虫が肥えて気儘な空の艶　飯田龍太

花や野菜を育てていると四季それぞれに大敵があるが、芋虫もその一つ。あれこれ綺麗に平らげて肥え太る。指より太く角を持つものもいて体色もさまざま。出来れば会わずに済ませたい。この句はその芋虫が秋空を背景に気持ちよく太るさまを描いた。「天高く芋虫肥ゆる秋」というわけか。これを読むと少しは寛容な気持ちになるがやはり芋虫は苦手だ。（『童眸』）
季語＝芋虫（秋）

29日

静かさや梅の苔吸ふ秋の蜂　　野　坡

古木だろうか。苔を帯びた梅の木に蜂が寄り、その苔にとまった。秋日の満ちる中に光を集める小さな命が印象的だ。春の開花、夏の実りのときを経た梅の木は今黙して己を養っている。その静けさに配するに蝶では艶やかに過ぎようし蠅では俗に流れるだろう。秋の梅の木には蜂の硬質な光がふさわしい。（『百曲』）季語＝秋の蜂（秋）

30日

いつ果つる人と並びて烏頭　　齋藤　玄

「絶句三句」と前書のある〈死期といふ水と氷の霞かな〉〈白魚をすすりそこねて死ぬことなし〉〈死が見ゆるとはなにごとぞ花山椒〉で終わる遺句集『無畔』の句。「人」は玄その人と読みたい。烏頭は猛毒の植物で雅楽の怜人の烏帽子に似た青紫の美しい花をつける。花を抱いたり手折ったり向き合ったりせず並んでいるところが玄なのだと思う。花は花の場に立ち人は人の場に立つ。ともに顔を上げ前を見つめて。（『無畔』）季語＝烏頭（秋）

*31*日

五感醒めよと露草の花ぱつちり

山上樹実雄

月草・螢草など異名も多く『万葉集』の時代からなじみ深い花である露草。半日で閉じる花には似ず茎はがっしりしており、伸びたところから更に土に根を下ろし大きな株となる。あえかな花だが朝露をまとって開く姿は力強い。見るうちに体の隅々まで清らかな青がしみわたり目が醒める思いがする。（『晩翠』）　季語＝露草（秋）

九月

1日

かそけくも咽喉《のど》鳴る妹よ鳳仙花　富田木歩

「病妹」の前書のある句。半玉となったが結核を患い家に戻されていた妹は、この句が詠まれてまもなく十八歳で亡くなった。花びらで女児が爪を染めて遊ぶことから爪紅の異称もある鳳仙花。愛らしい花だけに切ない句だ。木歩は幼時の麻痺により歩行の自由なく就学もしていない。貧困と結核の中から句を詠み若き論客としても知られたが、この句から五年後の今日関東大震災で没した。享年二十六歳。（『決定版富田木歩全集』）季語＝鳳仙花（秋）

2日

秋風やむしりたがりし赤い花　一茶

一茶は幼い頃生母と死別、出郷した。年老いて故郷に帰り継母と弟との財産争いも決着。結婚して安定したかに見えたが次々に妻子と死別・離別など肉親の縁の薄い境涯を送った。この句は数え年二歳で亡くなった長女さとを詠む。幼子は目を引くものを見ると触れたがり摑みたがる。「むしりたがりし」は父としてのまなざしが見つけた姿だ。秋風にその姿が眼裏に甦り悲しみが増す。（『おらが春』）季語＝秋風（秋）

3日

秋口の藻畳の縁《へり》流れをり　宇佐美魚目

暦の上では秋だがまだ残暑厳しいころ、ふと水面に目をやると夏の間旺盛に増えた一面の藻がへりのほうから少しずつ流れに攫われてゆくのが見えた。ときおりたゆたいつつ藻を攫う滑らかな水。そこには確かにもう秋のひかりが添っている。時の移り変わりを静かに鮮やかに見せてくれる句だ。
(『薪水』) 季語＝秋口(秋)

4日

新しき供花に散りくる葛の花　満田春日

木立の中の墓苑であろうか。高い木の枝などに葛が這い上り紫の花を零している。光る墓石は甘い葛の香に包まれていることであろう。花を供えられる人と供える人がいて、供える人もいつの日か鬼籍に入る。そのようにして幾世代かが移りこの墓に供花が全く絶えたときも、葛の花は同じように散り零れるのであろう。この句を読むと時の流れに思いが及ぶ。(『雪月』)
季語＝葛の花(秋)

5日

末の子とひるは二人や蓼の花　石田いづみ

夏休みが終わり、上の子は学校に行っているのだろう。幼い末っ子と二人で過ごす静かな昼。一緒に遊んだりゆっくり昼ご飯を食べさせたり……。庭には柔らかな蓼の花が咲いている。始め一人っ子だった上の子と違って、下の子は生まれたときから母を独り占めすることができない。母はいつも「私たちのお母さん」だ。だからこんな穏やかな時間は末っ子にとって素敵な時間だろう。母にとってもまた。（『合歓』）　季語＝蓼の花（秋）

6日

子の摘める秋七草の茎短か　星野立子

息子は幼いころよく贈り物をしてくれた。中でもよく呉れたものは花。散歩の途中道端からひょいと摘んで「どうぞ」と言いつつ呉れるのだった。花はどれも三センチぐらいで私は親指と人差し指で抓んで持ち帰った。子どもは最も美しいところめがけて指を伸ばし花を折り取る。大人は花瓶に挿すときのことを考えるが子どもはそんなことは考えない。この句を読むとどの子も同じなのだなあと思う。（『立子句集』）　季語＝秋の七草（秋）

7日

犬の仔の直ぐにおとなや草の花　　広渡敬雄

いつもの道を散歩させている。そろそろ秋草が可憐な花をつけるころとなった。子犬のころは鼻をひくつかせておっかなびっくりだったものが、今はあちこちにぐいぐいと太い足で踏み込んでゆく。あっという間に大きくなった……。犬は二、三歳から成犬になり、七歳を過ぎるとそろそろ老いが兆す。逞しい姿を愛しみながら「犬の時間」を思う。（『ライカ』）季語＝草の花（秋）

8日

桐一葉日当りながら落ちにけり　　高浜虚子

「一葉落つるを見て歳の将に暮れんとするを知る」（『淮南子』）、「一葉落ちて天下の秋を知る」（『文禄』）などから出た季語「桐一葉」は万象衰えそめる秋を告げるものだ。この句は無常のさまを描いて輝かしくゆったりとした気息を持つ。秋日を受けながら落ちる大きな葉。静けさが満ちる。（『五百句』）季語＝桐一葉（秋）

9日

重陽の菊と遊べる子どもかな　日原傳

人日・上巳・端午・七夕と並ぶ五節句の一つ重陽は菊の節句で、〈菊の酒醒めて高きに登りけり　闌更〉のように邪気を払い災厄を避ける風習がある。菊が薬草とされていたためだ。折しも重陽の日に菊を手折って無邪気に遊ぶ子を描くこの句を読むたびに、私は何故か能の「菊慈童」を思い出してしまう。遊ぶ子どもの後ろに七百歳の齢を保つ美童の姿がふっと立つようだ。（『江湖』）季語＝重陽（秋）

10日

菊咲けり陶淵明の菊咲けり　山口青邨

菊は離俗の象徴でもある。酒と菊を愛し田園生活を送った詩人陶淵明の詩「飲酒」の一節「菊を采る東籬の下　悠然として南山を見る」を面影にその隠逸の生活を尊んだ句で、「咲けり」のリフレインに喜びがある。ちなみに陶姓と言えば『聊斉志異』に陶姓の青年の姿をした菊の精が出てくる。巧みに菊を咲かせて財を成すが最後は酔って白菊に戻ってしまうというもの。酒と菊はやはり近しい。（『雪国』）季語＝菊（秋）

11日

あまりにも菊晴れて死ぬかもしれず

下村槐太

農林水産省統計によれば菊は作付面積・出荷本数共に断然の一位。葬儀や仏事に欠かせないためであろう。菊はめでたい花であると同時に死に寄り添う花なのだ。この句は晴れ渡り澄み切った日にふと開く死の淵を詠む。〈死にたれば人来て大根煮きはじむ〉〈わが死後に無花果を食ふ男ゐて〉〈句をやめむは生絶つごとし茗荷の子〉など槐太にとって死はすぐ傍らのものであった。(『天涯』) 季語＝菊(秋)

12日

縺れつつ解けつつ走り稲穂波

若井新一

一面の稲田を渡る風に稲穂が互いに縺れ、そしてまた自ずと解ける。黄金の天鵞絨を敷きのべたように広がるさざ波が美しい。完全に実が膨らみきり頭を重く垂れてしまうとこのようにはいかない。その少し前の穂の軽快なさまを捉えた。作者は八海山のふもとで魚沼コシヒカリを中心に稲作に携わる。(『冠雪』) 季語＝稲穂(秋)

13日

畳から秋の草へとつづく家　鴇田智哉

畳の部屋に座していると秋風にいざなわれた。縁側から庭に降りると秋草が可憐な花をつけている。二歩三歩と歩き木戸を開けてさらに歩いてゆくとひそやかな秋の野。草の花に埋もれはるばる遠く来たようだが振り返るとまだ畳の部屋が見えている。この句はきっと昼の句なのだと思う。夜になると一転して〈月天心家のなかまで真葛原　河原枇杷男〉となるのかもしれない。（『こゑふたつ』）季語＝秋草（秋）

14日

野菊まで行くに四五人斃れけり　河原枇杷男

野の果てに野菊を見つけた若者達が摘みに行こうと歩き始めた。だが花は余りに遠く道半ばで息絶える者が一人又一人と出た。残った者達は時を重ね遂に野菊まで辿りつきそして知った。最も野菊にふさわしい者達は既に死んでいることを。深い皺が刻まれた彼らの頬を涙が伝ったとき優しい声が響いた。「摘んでよい。摘みなさい」と……。この句を読むとなぜか激しい戦場の情景と共に、こんな物語が心に浮かぶ。（『烏宙論』）季語＝野菊（秋）

15日

芭蕉野分して盥に雨を聞《き》く夜《よ》哉　芭蕉

「茅舎ノ感」の前書を持つ句。一夜嵐となり盥に受ける雨漏りの音しきり。戸外では芭蕉の葉が風に吹かれている。そんな寄る辺ない夜を描いた。延宝八年深川に草庵を結び、門人が贈った芭蕉から、この俳号を使い始めた。この句はその翌秋の作。芭蕉は中国原産で古く日本に渡来し風雨に破れやすい大きな葉、紡錘形の花が愛される。（『武蔵曲』）季語＝野分（秋）

16日

断腸花言葉なさねば涙出づ　深谷雄大

言葉は人が人としてあるもの、全てをなくしても最後に残る大切なものだ。だからこそ言葉にならないということもある。たやすく言葉に置き換えられるならば涙は零れない。断腸花は秋海棠の別名。海棠に似て雫のように下がる薄紅の花は庭隅にひっそりと咲く。今日はこの花を愛でた作家永井荷風の『断腸亭日乗』の起筆の日。（『端座』）季語＝断腸花（秋）

17日

鶏頭のやうな手をあげ死んでゆけり　富澤赤黄男

鶏頭は人のように、また人の手や拳のようにも見える花だ。〈人の如く鶏頭立てり二三本　前田普羅〉〈鶏頭に手を置きて人諭すごとし　波多野爽波〉〈我去れば鶏頭も去りゆきにけり　松本たかし〉など鶏頭のそのような面を捉えた句であろう。赤黄男の句は戦時、血まみれで死んでいった多くの人の姿を鶏頭に見た。「死んでゆけり」という六音の字余りが倒れゆく人の姿を確かに書き留める。（『再版天の狼』）季語＝鶏頭（秋）

18日

葉雞頭のいただき躍る驟雨かな　杉田久女

葉鶏頭は鶏頭と同じヒユ科。熱帯アジア原産で中国を経て古く日本に入った。細長い楕円状で先の尖った葉はアマランサス・トリコロルの種名のごとく赤・黄・緑の色彩に富む。「雁来紅」の別名も葉の色から。この句は大きく茂った葉鶏頭に大粒の雨がくるさまを描いた。幾重にも重なる葉の頂が雨に撥ねて揺らぐ。（『杉田久女句集』）季語＝葉鶏頭（秋）

9月

19日

痰一斗糸瓜の水も間にあはず　　正岡子規

子規の絶筆三句の中の一句。〈糸瓜咲て痰のつまりし仏かな〉〈をと、ひのへちまの水も取らざりき〉と共に死の前日に書かれたものである。子規は庭の草花を愛で糸瓜棚を愛した。糸瓜水は咳止めに効き、特に旧暦八月十五日に取るものが良いとされるが病勢はすでに遥かに悪化していた。今日は子規忌。この三句にちなんで糸瓜忌ともいう。（『子規句集』）季語＝糸瓜（秋）

20日

餅ノ名ヤ秋ノ彼岸ハ萩ニコソ　　正岡子規

今日は秋の彼岸の入り。この句は子規の『仰臥漫録』明治三十四年九月二十四日に出るもので〈オ萩クバル彼岸ノ使行キ逢ヒヌ〉〈梨腹モ牡丹餅腹モ彼岸カナ〉に続く句。やはり秋の彼岸は「おはぎ」が名としてふさわしい、という。この句に続く句は〈西へマハル秋ノ日影ヤ糸瓜棚〉でやはり子規は糸瓜棚を眺めているのであった。死のほぼ一年前の作である。（『仰臥漫録』）季語＝秋彼岸（秋）

21日

竜胆を畳に人の如く置く　長谷川かな女

壺に挿そうというのか花器に活けようというのか、竜胆をいったん畳に寝かせた。その時竜胆が人の如く感じられたという。花を活ける人と活けられる花とがふっと入れ替わるが如く通い合うひとときだ。七草には入らないが竜胆は秋の代表的な草で濃い青紫の花が慎ましやかな風情を醸す。明日二十二日はかな女の忌日。竜胆忌ともいう。（『雨月』）季語＝竜胆（秋）

22日

けふの月長いすゝきを活けにけり　阿波野青畝

今日は中秋の名月。薄を活け、里芋と月見団子を供えて月を愛でる人も多いことだろう。薄は日当たりの良い土手を始めとして至る所に群落を作り、昼光にまた月影に輝く。風に従って靡く花穂は寂しげな風情を醸し、室内に活けると静かな中にはなやぎが生まれるから不思議だ。今日は私も近所から薄を剪ってくることにしよう。（『万両』）季語＝けふの月（秋）

23日

曼珠沙華どれも腹出し秩父の子

金子兜太

秋の彼岸になると約束したように咲く彼岸花。曼珠沙華の別名は仏典から来ると言われる。田の畦や土手などを真っ赤に染めて咲くことが多いのは救荒のため植えられた名残で、この花が人に親しい有用植物だったことを物語る。秋日の中を駆けたり縺れ合ったりしている子どもたちと、生命力に満ちた花が輝かしい。今日は兜太の誕生日、秩父は兜太のふるさと。(『少年』) **季語＝曼珠沙華(秋)**

24日

故里や打てば炎えたつしびと花

河原枇杷男

彼岸花には別名が多く死人花もその一つ。右に引いた兜太の句に見られた明るくおおらかなイメージとは打って変わって、枇杷男のこの句は何代にも渡りその地に生きて死んだ人々の暗い情念を幻視した。死人花の名は墓地の周りに咲くことなどからこれを忌んだものであろう。捨子花、狐花、幽霊花、地獄花などおどろおどろしい別名が幾つも数えられる。(『流灌頂』)

季語＝死人花(秋)

25日

白萩の走りの花の五六粒　　飴山實

萩は『万葉集』に最も多く歌われた花。草冠に秋と書く名が示すように古くから愛されてきた。庭に植えられる他山野に自生し、日当たりが良ければ大株に育つ。この句はその白花の咲き初めのありさまを詠んだ。叢生する枝に明るい緑の葉。そこにぽつぽつと見える花を「粒」と捉えたもの。「ハ」音の繰り返しが流麗でしだれた枝を思わせる。（『花浴び』）季語＝白萩（秋）

26日

藁塚をつかみて人の如く押す　　永田耕衣

稲刈りを迎えて藁塚が見られるようになったところも多いことであろう。この句は藁塚に手を当て十指をさしいれて人に対してするように押すという。指から手、腕、そして体へと温かな藁の感触が伝わってくる。この句の翌年には〈藁塚が藁塚隠す父亡きなり〉〈藁塚が母亡き我に蹤いて来る〉がある。藁塚は人の如くというより人だったのだ。（『驢鳴集』）季語＝藁塚（秋）

27日

松手入ひかりの針をふりこぼし　鍵和田秞子

庭木の中でも手入れが難しいとされる松。その松の古葉や余分の枝を取り払い樹形を整えるさまである。静かな秋の日、青々とした香を漂わせながら丁寧に鋏を入れてゆく。取り去られた細い松葉が明るい陽光にはらはらと降るさまを「ひかりの針」ととらえた。穏やかで清らかな一日が過ぎてゆく。（『武蔵野』）季語＝松手入（秋）

28日

イエスよりマリアは若し草の絮　大木あまり

十字架上の老成した姿が多いイエスに対して、マリアはたしかに若々しい姿であることが多い。若く健やかな母性に対して憧れを抱き、救いと癒しを求める人の心を「イエスよりマリアは若し」の断定で言い留めた句。新しい実りの地を求めて風に乗る「草の絮」は柔らかでありながら逞しい。きらきらとどこまでもとぶ。（『火のやうに』）季語＝草の絮（秋）

29日

松虫草霧らひながらに花明り　石塚友二

松虫の鳴く頃に咲くためその名があると言われる松虫草は、高く伸びた茎が上部で分枝し大ぶりな花をつける。高原に湿った風が吹き霧がかかり始めた。乳白色の薄絹が広がる中から、一面に咲く松虫草の薄紫の花が透けて見えると言う。夢のように美しい光景である。（『光塵』）季語＝松虫草（秋）

30日

鳥銜へ去りぬ花野のわが言葉　平畑静塔

「お花畑」が夏の季語であるのに対して、「花野」は秋の季語。秋の草花が咲き乱れた野原をいう。その花野で言葉を紡ぐのだが、小鳥がやってきて紡いだ言葉を銜え去っていった。言葉が去るといちどきにさまざまなものが見え聞こえてくるのかもしれない。秋日と秋風を感じながら、千草の中の一本となる。（『栃木集』）季語＝花野（秋）

9月

十月

1日

わが行けばうしろ閉ぢゆく薄原　正木ゆう子

薄が銀の穂を靡かせるころとなった。手で軽く押し分けながら薄原を進む。体に従って左右に分かれる薄は背後となるや元のかたちに戻る。進むうちに薄と自分だけの密やかな気配が次第に濃くなってゆく。人の世界から切り離されて草木の世界にふと踏み入るのはこのような時なのだろう。秋冷の風音しかしない。（『水晶体』）季語＝薄原（秋）

2日

思草思ひの丈をつくすらし　堀口星眠

ナンバンギセルは薄の根元などに寄生する植物でパイプの吸い口を地面に差したような独特の姿。十センチほどの丈の花である。別名「思草」というのは、薄い紅紫の花が俯き加減に咲くさまに物思いに沈む人の姿を重ねてのこと。ひっそりと咲く小さな花ながら溢れる思いを精一杯に尽くしているのだ。（『テーブルの下に』）季語＝思草（秋）

3日

沈みたる日が空照らす紫苑かな　小川軽舟

人の背丈より高く直立する紫苑は秋の庭でひときわ目立つ。古い時代に中国から薬草として渡来しのちに観賞用となった。『今昔物語集』には親を亡くした息子のうち兄が忘れる草である萱草を植えたのに対し、弟は忘れぬ草である紫苑を植えたという逸話がある。残照の空を背にしたこの句の紫苑もまた、忘れぬものを静かに思い続けているようだ。（『手帖』）季語＝紫苑（秋）

4日

木犀やしづかに昼夜入れかはる　岡井省二

私の師岡井省二は秋彼岸の中日に亡くなった。十日ほどを経て木犀が咲き始め、幸せそのもののような金色の花に顔を上げたとき先生のこの句が胸に溢れた。清雅の昼が夜になりまた静かに昼が来て夜となる。清香は秋のひと時を占めそして失われ、しかしまた一とせの後蘇る。幾つもの時間が入れ子になった時の麗しさの中に先生がいらっしゃり私もいる。そう思うのだがやはり涙が出るのだった。（『明野』）季語＝木犀（秋）

5日

かすかなる山姥のこゑ杜鵑草《ほととぎす》　小檜山繁子

花に現れる斑点が杜鵑の胸毛の模様を思わせることからこの名がある。山地の日陰に自生するほか庭の湿った木陰などに下草として植えられ、下部から一本立ちした枝が数本かぶさるように出る。茎を抱くようにつく葉には短毛が密生し、楚々とした花ながら草姿に野趣がある。確かに山姥の声がきこえそうな花だ。（『乱流』）季語＝杜鵑草（秋）

6日

狐山狼山の尾花かな　三好達治

尾花は薄の穂に出たものをいう。〈君が手もまじるなるべしはな薄　去来〉〈むら尾花夕こえ行けば人呼ばふ　暁台〉のように尾花は人をいざなうものとして詠まれることが多い。が、この句の尾花はむしろ尾花どうし愉しげに囁きあう。狐の尾、狼の尾の幻がくるりくるりと掠め過ぎ、銀狐銀狼の声がみちてくる。（『柿の花』）季語＝尾花（秋）

10月

7日

コスモスのまだ触れ合はぬ花の数　石田勝彦

赤や白やピンク、染め分けの花を咲かせ、羽状の葉も繊細。折り取るとたつ独特の香りに郷愁を誘われる人も多いだろう。メキシコ高地の原産だが日本の気候風土によく合い「秋桜」の別名も持つ。背の高い株となって群がり咲くが、この句は咲きつめる前の情景を描いた。澄明な空気の中に一花一花細い茎をゆらしている。（『秋興』）季語＝コスモス（秋）

8日

飲食の音のかそけく雌刈萱　藤田直子

静かな昼、一人食事をしているとふと自分がものを食べる音に気付くときがある。嚙んだり飲み込んだりするかすかな音が口や喉の内側から耳に伝わってきて、そんなとき自分が寂しい。傍らに人が居れば、人もまたそのごとき音を立てているのだ。空は青く澄み爽やかな風が雌刈萱を渡る。さらさらと流れる時間の中で、寂しさの中に生の証がある。（『秋麗』）季語＝雌刈萱（秋）

9日

菊人形背筋に水を差されけり　井上弘美

菊人形は〈菊人形となりて裏切者見据ゑむ　波多野爽波〉〈菊人形たましひのなき匂かな　渡辺水巴〉などの句にも窺われるように、絢爛豪華な中に独特の生気を宿す。菊に水気を補う作業と分かってはいても、この句を読むと背筋にひやりとした感触が走るのはそのためだろう。水分を吸った菊人形はまたいきいきと輝きはじめる。(『あをぞら』) 季語=菊人形(秋)

10日

薔薇園に小鳥来る日の海の紺　原田青児

薔薇園に秋薔薇の季節がやってきた。快晴の空の下、色とりどりの愛らしい小鳥が宙を巡る。薔薇園から見渡す海も秋の色だ。自註によれば「八月末から九月の五日までに剪定する。そこから芽がのびて、十月十日頃から秋の薔薇。その頃になると、海の紺が一層濃くなるのだ」とのこと。作者は薔薇園を営む中から、薔薇を愛する数々の句を詠む。(『自註現代俳句シリーズ　原田青児集』) 季語=小鳥来る(秋)

11日

磯菊やわづかな魚を板に干し　松岡隆子

崖地の他海辺に群生することの多い磯菊。葉の表は緑色で、縁と裏には毛が密生し銀白色に見える。黄色い管状花が溌剌とした強さを感じさせる。この句は鴨川市仁右衛門島へ渡る際の句。島へ向かう渡し場までの道筋、戸板半分ほどの板に鯵などの小魚が干されていた。辺りに群れ咲く磯菊が暮らしを見守るようであったという。（俳誌「朝」）季語＝磯菊（秋）

12日

けふの日の終る着物に草虱　山口誓子

一日野外で過ごしたのだろう。藪を傾けて歩いたのか、野に横たわって日を浴びたのか。いずれにせよ良い一日だった。着物を着替えようとすると小さな草虱がついている。草虱はヤブジラミの実のこと。衣服につく困りものだが童心に帰らせてくれる小さな友達。句集『激浪』には〈おもしろの妻にも附けむ草虱〉もある。誓子の妻の波津女にも〈草虱スカート好きてかくも付く〉があり、並べて読むと愉しい。（『激浪』）季語＝草虱（秋）

13日

秋薊少年金ンの生毛に満ち　長嶺千晶

薊といえば春に咲く野薊が代表的なものだが、夏から秋にかけて咲くものも多い。この句の薊は秋日に葉や茎の刺を煌めかせ、咲ききった花の上にうっすら粉を吹いているのだろう。少年はローティーンに違いない。もう子どもではないがハイティーンほど雄々しくはない。自分の中の自分に戸惑って輝きにまだ気付かない頃だ。（『晶』）季語＝秋薊（秋）

14日

寂しいと言いわたくしを蔦にせよ　神野紗希

相手がもし「寂しい」と言ったなら、彼女は蔦に変身してするするとその体に巻き付いてゆくのであろう。相手の寂しさを我が身の寂しさに引き受けようと相手を包み、ついには元に戻れなくなるかもしれない。人を好きになるということはそれほどに無私で切ないことだ。だが相手から「寂しい」という一言はきっと出ない。彼女は黙って人のままでいる。（『星の地図』）季語＝蔦（秋）

15日

岐れ道なれば数珠玉減りにけり　吉井幸子

数珠玉の実は晩秋にかけ灰白色に色づく。子どもたちが幾つでも自由に集められる身近な遊び道具だ。数珠玉が減るというのは夕の帰り道、友との別れ際に掌中のそれを分けるということだろうか。或いは数珠玉は岐れ道に生えていて、それぞれの家への帰り際に何気なく毟るのかもしれない。いずれにせよ「数珠」「減る」という言葉との組み合わせから、「岐れ道」は生死のそれであるかの如き不思議な翳りを宿す。（『産湯浦』）**季語＝数珠玉（秋）**

16日

水中をさらに落ちゆく木の実かな　鈴木鷹夫

静かな水辺に佇んでいると水面を木の実が叩いた。みるみる水底に沈んでゆくごく短い時間のありさまを詠んだ句である。樹上から秋冷の大気を一直線に落ち一度きり音を立てた後、澄み切った水をごく僅かに揺らぎつつ音もなく沈む木の実。滑らかでつややかな実が鮮明に目に浮かぶ。（『千年』）
季語＝木の実（秋）

17日

舟あがるときつかみたる赤のまま　髙田正子

爽やかな風を受けながら水に体を預けるひとときが過ぎ、船着場に着いた。立ち上がって船べりを跨いだときバランスを崩し、咄嗟に岸辺の赤のままに縋ったのだろう。体勢を立て直したあと手の中のちぎれた花に苦笑いが浮かぶ。赤のままは犬蓼の別名。赤い粒々の花を飯粒に見立ててこの名がある。ままごと遊びなどに使う愛らしい花だ。（『花実』）季語＝赤のまま（秋）

18日

水引草空の蒼さの水掬ふ　石田あき子

赤い小花が細く長い軸に連なり咲くさまが贈答品を結ぶ水引に似ているため「水引」と名付けられた。軸が硬めであるためそれぞれの決めた傾きを保ち、風を受けてもしなしなそよぐ感じではない。「水掬ふ」というこの句の座五は水面へと撓んだ花軸の硬さを浮かび上がらせる。空も水も澄みわたる秋麗の景だ。（『石田あき子全句集』）季語＝水引草（秋）

19日

なりたきは乱世の女ななかまど　仙田洋子

紅熟した実は固まりとなって垂れ、紅葉すると小枝まで紅に染まるため樹全体が燃え立つように見える。冷涼な気候を好み北国では街路樹にもされる。落葉のあとも実は残り青空や雪に映える。名は材質が堅く七回竈にいれても燃え残ることから。剪定も好まない樹だ。「なりたきは乱世の女」という美意識に裏打ちされた強さにななかまどはまことにふさわしい。

（『子の翼』）季語＝ななかまど（秋）

20日

真二つに雲を銜える通草の実　対馬康子

あけびは蔓を籠の材料として利用するなど生活に親しい植物である。名は「開け実」からとも言われるように、熟すと厚い果皮が二つに裂けて果肉が覗く。白色半透明のゼリー状で甘く、多数の黒い種を含んでいる。「真二つに雲を銜える」はその果実のありさまを過不足無く描ききった。通草の背後には澄んだ秋空が広がっている。（『天之』）季語＝通草（秋）

21日

女郎花そも茎ながら花ながら　蕪村

「そも」は「本当に」の意で茎も花も名にふさわしく「をみな」のようにはかなげで美しいことよと誉める。〈とかくして一把に折りぬ女郎花〉〈萩薄わけつゝ折や女郎華〉など、蕪村はこの鮮やかな黄色の花が好きだったようだ。似た花である男郎花の作例も一句あり〈ひよろ〳〵となほつゆけしやをとこへし〉という。門人で長身痩軀の几董を諷したもので芭蕉の〈ひよろ〳〵と猶露けしや女郎花〉を俤とする。（『自筆句帳』）季語＝女郎花（秋）

22日

しのゝめや雲に連る蘆の花　松瀬青々

夏の間青々としていた蘆も秋には穂をもって靡き始める。高さ二、三メートルにもなる茎の先につく紫がかった円錐花序は薄に似るが全体に大ぶりで荒々しい。明け方、東の空にたなびく雲に蘆の花が連ならんばかりに見える。しだいに光が強くなり、辺りはまもなくきらきらと輝き始めるのであろう。（『妻木抄』）季語＝蘆の花（秋）

23日

ことごとく日当つてゐて実紫　斎藤夏風

ムラサキシキブは山や林などに自生し、紫色の実をややまばらにつける。長くしなやかな枝が重なり葉が隠れるほど実がつくのはコムラサキで、一般にはこちらがムラサキシキブの名で呼ばれる。どちらも日当たりを好み、つやつやとした実はつぶら。「ことごとく日当つてゐて」から実の一つ一つが秋日を美しく照り返すさまが鮮やかに目に浮かぶ。（『燠の海』）季語＝実紫（秋）

24日

柿ぬしや梢はちかきあらし山　去来

去来の別宅であった嵯峨野の落柿舎の名は、柿商人に売る約束をしていた庭の柿の実が一夜のうちに落ちつくしたことから名付けられたという。柿は落ちてしまったものの透けた梢に近々と見える嵐山の眺めは素晴らしい、というのである。悠揚とした心が窺われる句で「自ら落柿舎に題す」の前書を持つ。現在の場所は明和七年に井上重厚が再建したもの。この句の句碑が建つ。（『猿蓑』）季語＝柿（秋）

25日

落栗の座を定めるや窪溜り　井月

井月は文政五年に生まれ十八歳から諸国を行脚、三十代後半から伊那谷を漂泊した。この句は落栗のように何処へ転がるともしれぬ生であったが漸く安住の場所が定まったという意で明治十八年に開板した『余波の水茎』跋文の後に認めたもの。同年伊那太田窪の塩原家に養子として迎えられた心の安らぎが窺われるが、翌十九年末には病を発して行き倒れ、明治二十年六十六歳で没した。（『余波の水茎』）季語＝落栗（秋）

26日

刃を入るる隙なく林檎紅潮す　野沢節子

真っ赤に色づき、持ち重りするまでに瑞々しく張り詰めた林檎。刃を入れようにもその隙が見いだせないほどだというのである。「紅潮」という表現は初々しい乙女の頰を染めるさまを思わせ、島崎藤村の「初恋」の一節「まだあげ初めし前髪の　林檎のもとに見えしとき」なども連想させる。若々しい息づかいに張り詰めるがごとき果実のさまを掬い取った一句。（『未明音』）季語＝林檎（秋）

27日

烏瓜蔓を忘れて真っ赤なり　大澤ひろし

秋の半ばに膨らみ始める縦縞の青実は晩秋には赤く色づき、辺りが枯れ尽くす冬まで樹上や藪などに点るように残ることが多い。一方蔓は早々と土気色に変わりほつれた糸のようになってしまう。その蔓と実の様子がありありと目に浮かぶ句。こんなにはかなげな蔓で大丈夫かと心配になるが大ぶりの実はじつのところ呆気ないほど軽い。（『南平』）季語＝烏瓜（秋）

28日

さし上げて獲《えもの》見せけり菌狩り　召波

蕪村の高弟で別号春泥。服部南郭に学び漢詩を能くした才人だがこの句はいかにも素朴だ。数人での茸狩り。早々と見つけた人の得意顔が目に浮かぶ。このあと皆で愉しく茸に舌鼓を打ったことだろう。とはいえ怖いのは毒茸。派手な色をしたベニテングタケのイメージが強いがツキヨタケのように色が地味なものもあるから要注意。（『春泥句集』）季語＝菌狩り（秋）

29日

爛々と昼の星見え菌生え　高浜虚子

昭和二十二年の作で、三年余り滞在した小諸を去る虚子の許に長野の俳人が大挙して訪れた折の句。当日同席の一人が昼の井戸の底に星を見た話をしたエピソードが伝わるが、この句の星の持つ強い存在感は水面に映るものというより空に輝くもののそれであろう。「見え」「生え」の脚韻により、山国を統べる天の神秘と地から噴き出す茸の生命力が響きあい高まり合う。（『六百五十句』）季語＝菌（秋）

30日

敗荷のこぼせる水の響きなり　藤本美和子

初夏の水に浮葉がぽちりと現れ、茎が伸びて巻葉となる。みるみるうちに逞しく葉を立て美しい花を上げ水面を緑で覆い尽くすが、秋には破れ始めところどころ茎も折れる。それが敗荷である。雨滴が縮れた葉の盃の中に溜まっていたのか、風に煽られて零れ落ちた。秋の澄明な空気にかすかな音が響く。（『跣足』）季語＝敗荷（秋）

31日

種採の嗟《あ》々々零してしまひけり　藤田湘子

天気の良い日に花が終わった草花の種を採取する。来年のために丁寧に集めたのに一瞬手が滑ってばらまいてしまった。「嗟々々」というくだけた言葉ががっかりした表情を浮かび上がらせ、笑みを誘う句である。湘子に種採の句はこの一句だけだが春季の花種の句は多く〈花種の袋二三度振つて裂く〉〈花種の袋がそこにきのふから〉〈花種と乾酪と雨の日曜日〉ほか。小さな種には時間と夢が詰まっている。（『てんてん』）季語＝種採（秋）

十一月

1日

町ぢゅうのひらがな読む子銀杏散る

中田尚子

銀杏が散るとそれを捉まえようと駆け出すくらいの年頃の子ども。文字が読めるようになって嬉しくてたまらないのだ。銀杏の黄金色が幸福な心と響きあう。そういえば息子が仮名を読めるようになったときは面白かった。「お買い物は近所で」というポスターがあれば「お母さん、あそこに『おいはで』って書いてあるね」と目を輝かせながら淀みなく読む。息子には漢字は見えていないのだった。（『主審の笛』）季語＝銀杏散る（秋）

2日

黄落期コーヒーを濾すネルの布

小林貴子

銀杏・欅・櫟など黄葉が落ちるころが黄落期。降りしきる黄金色の葉、ネルの袋に注ぐ湯、ふくれたつ珈琲の粉が秋晴の豊かなひとときを感じさせる。同じ句集に〈蹴ろくろの動き滑らか黄落期〉があるがこちらの黄落も魅力的だ。動きにつれ形を現してくる陶土と陶房のひんやりした空気、開け放した戸外の木々の何という静けさ。（『紅娘』）季語＝黄落期（秋）

3日

末枯や顔重く結ふ靴の紐

山尾玉藻

野か、あるいは街路でもいいだろう。緩んだ靴紐に気付き結び直していると末枯、すなわち先端から枯れ始めている草葉に目が行った。春から夏、秋と逞しく成長し、次代へ命を繋ぐ盛んな営みの中にあった草木がしばし眠りにつく冬。その冬が間近であることが末枯から感じられる。「顔重く」はしゃがんだ姿勢の実感の表現であり季節への感応でもあろう。（『唄ひとつ』）季語＝末枯（秋）

4日

薄紅葉恋人ならば烏帽子で来《こ》

三橋鷹女

「来《こ》」は命令形で「恋人であるなら烏帽子をつけてきなさい」と呼びかける。烏帽子は時代によりさまざま。私は立烏帽子に狩衣姿の貴公子を思い描きたいが句集では一句おいて右に〈紅葉雨鎧の武者のとほき世を〉がある。作者のイメージでは武士の侍烏帽子かもしれない。また、この句の左隣には〈この樹登らば鬼女となるべし夕紅葉〉もおかれている。いずれも「幻影」という小題の下に収められるもの。（『魚の鰭』）季語＝薄紅葉（秋）

5日

関照るや紅葉にかこむ箱根山　来山

大きな外輪山に囲まれた箱根町。その中にあるカルデラ湖の芦ノ湖湖畔に立つ箱根の関所から周辺の山々の紅葉を仰ぐのであろう。あかあかとした紅葉に関が照らんばかりだという。東海道監視のため元和五年に設けられた関所は明治二年に廃止されたが平成十九年に同地に復元されている。

（『今宮草』）季語＝紅葉（秋）

6日

生面に熟面に草もみぢかな　木村蕪城

「生面」は初対面の顔、「熟面」はよく見知っている顔をいう。何かの集まりだろうか。初めての人とは自己紹介、それまでに手紙などで行き来があればこれがその人かと親しみが増す。熟知している人とは会釈だけで十分。そんなひとときが過ぎれば一同が知り合い和やかになっている。美しい草紅葉の野は皆がうち解け合える場所だ。（『山容』）季語＝草紅葉（秋）

7日

十一月枯れゆくは華咲くごとく　平井照敏

今日は立冬。いよいよ冬となり野や街で草木が枯れそめる姿に出会う。十一月も終わりとなればすっかり冬の装いとなることであろう。この句は徐々に凋落へ向かうものの不思議な華やぎをとらえた。初冬の光に日一日と枯れを深め、乾き、軽くなってゆくものの美しさ。（『天上大風』）季語＝十一月（冬）

8日

茶の花や子等の砦のあるところ　芝 不器男

茶畑か、あるいは畑や家の周りなどに垣として植えられている茶の木だろうか。そこに子どもたちのお気に入りの場所がある。あるいは二組に分かれて互いに相手の砦を落とそうとしているのかもしれない。白い茶の花に近々と隠れているとふっと花の香に気付く。冬日の暖かさに包まれて、目の前の花は小さな同志だ。（『不器男全句集』）季語＝茶の花（冬）

9日

冬浅し埴輪の口の蕾ほど　宮坂静生

この国の文化文明が爛熟期を迎え複雑さを増す以前、いわば蕾の時代に焼成されてからどれだけの歳月、目と口を開き続けているのであろう。武人・巫女・楽人他埴輪は様々な姿・表情を持つが、この句の埴輪の口は「ほ」という声のかたちに小さく開いているのではないかと思う。本格的な寒さを前にひとときの冬日の温もりの中にいると、現代より遥かに自然に近かった古代人がふと身近に感じられる。（『春の鹿』）季語＝冬浅し（冬）

10日

初冬やしつぽくにのる花麩あり　中島陽華

風が冷たくなりはじめると湯気の立つ食べものが恋しくなる。この句の「しつぽく」はしっぽくうどん。讃岐のものが有名だがこれは京風のそれ。甘辛く煮た椎茸・かまぼこ・青菜などを彩り良く並べ湯葉や海老などを添える場合もある。そこに薄味で煮た花麩が飾られているのだ。噛むともちもちと柔らかい。身も心もあたたまる。（『金毛』）季語＝初冬（冬）

11日

帰り花天よりついと帰り来し　柚木紀子

小春日和に誘われて桜や躑躅、山吹などが季節外れの花をつけるのが帰り花。ぽつぽつと咲くさまは枝に止まっているかにも見える。いったいどのような羽を空に滑らせ、花は卒然とこの世に戻ってきたのであろう……。作者は「句集『曜野』を盈《み》たす一句一句は、『虚にゐて実をおこなふ』もの、《死から生を見るもの》でありたかった」とあとがきに語る。（『曜野』）

季語＝帰り花（冬）

12日

ひとたびは生を彼岸に冬ざくら　中岡毅雄

十一月半ばあたりから開き始める冬桜は、寒空の下、風にさらされながら白い小ぶりの花をつける。儚げで澄んだ花だ。病を得て一度は生を彼岸のものと思い定めざるをえなかった目が、生きてこの世のものである冬桜を見ている。風に震える小さな花の一つ一つがかけがえのないものとして美しい。（『啓示』）**季語＝冬桜（冬）**

13日

日向道とれば木の葉のはらはらす　臼田亜浪

夜はぐっと冷え込むものの昼はあたたかな冬日が降りそそぐ。そんな日、日向道へと歩を進めゆっくり歩いてゆく。高空から絶え間なく降る木の葉がひときわ美しく見えるのはこのようなときだ。ささやきのように降りしきるそれらに手を伸ばすと、指先から光がしみとおるかに思われる。（『臼田亜浪全句集』）季語＝木の葉（冬）

14日

冬蝶よ草木もいそぎ始めたり　柿本多映

草は枯色にさやさやと鳴り、木はその葉をしきりに降らせて冬本番へ急ぐ。冬蝶もまた僅かな花を求めて小刻みに翅を震わせ宙を舞い飛ぶ。この句の冬蝶の飛ぶさまを思うと、私にはなぜかごく短い丈の冷たい炎が宙に残像を残しつつ遠ざかるさまが感じられる。句集で〈還らむとつめたくなりし通草かな〉〈たけなはの冬や都に白けむり〉の二句に挟まれているからかもしれない。（『蝶日』）季語＝冬蝶（冬）

15日

花嫁を見上げて七五三の子よ　　大串　章

晴れ着を纏い子どもも心にも晴れがましい七五三。神社の境内を父母に手をひかれて歩いていると、花嫁衣裳に身を包んだ女性がしずしずとやってきた。思わずその姿に近寄りうっとりと花嫁を見上げているのである。まだ愛らしい蕾のような子だがいずれは成人してこの佳き日を迎えることだろう。成長の階梯を上り始めたわが子を父母は眩しく見つめる。（『朝の舟』）

季語＝七五三（冬）

16日

花八ッ手ぽんぽんぽんと晴れ渡る　　野木桃花

ヤツデの大ぶりの葉の間に白っぽい円錐形の花序が目に付くようになった。タンポポの絮に似た毬状の花は甘い蜜を出して虻や蠅を寄せている。どちらかというと目立たないヤツデだがこの季節ばかりは主役。「ぽんぽんぽん」という快活な響きが青空を背景とした花の姿にぴったりだ。（『君は海を見たか』）季語＝花八ッ手（冬）

17日

冬あたたか掃溜菊が花のこす　島谷征良

我が家の庭隅にもまさにこの句のようにハキダメギクが咲いている。短い毛に覆われた葉は冬日を集め、葉の間から伸びた茎につく白い小花は星をちらしたかに見える。中央アメリカ原産の帰化植物で、世田谷の掃き溜めで見つかったことから植物学者牧野富太郎がこの名を付けた。可愛い花を見ているともう少し良い名はなかったものかと思う。（『履道』）季語＝冬あたたか（冬）

18日

冬の日や風を囃して雑木山　西田孝

凩が吹くと空をひとしきり木の葉が舞い、枝々がさわさわと鳴る冬の雑木山。他の季節とは異なるその不思議な明るさが「囃して」という言葉から感じられる。地には木の実、木々の枝葉には小さな昆虫やその卵が潜む。風が治まって静かになると鳥の声も響く。目を上にやると青空。冬日がしみるようだ。（『鱈の睡り』）季語＝冬の日（冬）

19日

母我をわれ子を思ふ石蕗の花　中村汀女

和泉式部の歌に〈とどめおきて誰をあはれと思ふらむ子はまさるらむ子はまさりけり〉がある。娘である小式部が子を遺して夭逝した際、彼の世の娘を慮って「心から切なく思うのは親である私ではなく自身の遺児であろう」と詠んだ。深い母心が胸にしみいる歌だ。この句もまた然り。円い緑の葉の間から立つ黄の花の何と温かな光に満ちていることか。俳句における季語の働きを存分に感じさせてくれる句だ。（『花影』）季語＝石蕗の花（冬）

20日

天の階あるとき近し落葉焚　古賀まり子

古賀まり子は重篤な肺結核から奇跡的に恢復した後、病院の激務に身を転じた。自身の病を振り返る〈紅梅や病臥に果つる二十代〉、身寄りのない患者を詠む〈屍包む毛布一枚風花す〉などを収めた第一句集『洗禮』を始めとして、まり子の句は一貫して命と愛を詠う。この句は病院勤務を辞し自宅での書道・華道教授に転じて後のもの。「落葉焚の煙は天への階、ふとそう思う日がある」と自註に語る。（『緑の野』）季語＝落葉焚（冬）

21日

水中の落葉に落葉加はれる

松尾隆信

水辺に佇むと浅い水底に留まっている落葉に目がいった。冷たく透き通る水に朽ち始めながらもくっきりと姿を保っている。そこへ一枚の落葉が加わったという。少し押し流されてふっと止まったのかもしれない。止まったきりもはや動かず、朽ちゆく葉の一枚となってゆく。簡明な言葉の描き出す水と落葉の質感が鮮やかな句。（『松の花』）季語＝落葉（冬）

22日

かいつぶり未明のこゑは咲くやうに

中田剛

「かいつぶり」古くは「にほ鳥」は大伴坂上郎女の歌〈にほ鳥の潜く池水こころあらば君にわが恋ふるこころ示さね〉のように深く潜水し、思いがけないところから顔を出す愛くるしい水鳥だ。未明、早や活動が始まったか、キリキリキリともフュリリリーとも聞こえる細く澄んだ声が響く。水底の闇から水面の闇中へ幻の花が幾輪も開いては零れる。（『珠樹』）季語＝かいつぶり（冬）

23日

こがらしや花選るときは値を聞かず　きくちつねこ

凩に押されながら歩いていると明るい色の切り花が並ぶ花舗が目に入った。立ち寄るとさまざまな花。飾る花瓶を思い描きながら一輪一輪選んでいると気持ちが華やいでくる。花を買うときは値段を気にしないで心の赴くままに選びたい、と思う人は多いだろう。この花は自宅に飾る、自分のための花のような気がする。（『あこめ』）季語＝こがらし（冬）

24日

枯芝に置きて再びピアノ運ぶ　今井　聖

梱包されていないピアノではないかと思う。学校、公会堂、教会だろうか。あるいは大きな芝生のある家かもしれない。何かの理由で乾いた芝生を横切ってピアノを移動させている。重いピアノを乾いた芝生にいったん置き、再び抱え上げる。ピアノは少し揺らぎ冬日を返す。枯芝の纏う柔らかな金色の光とピアノの光が美しい。（『北限』）季語＝枯芝（冬）

25日

冬紅葉濃き日たゝへてしづかなり　久保田万太郎

辺りが枯れ色に染まる中に、残る紅葉の赤が透き通るようだ。冬日を湛えてことのほか静かである。すぐそこにある樹がはてしなく遠く感じられるのはこんなときだ。冬の大気に磨かれて「華やか」というより、今は「荘厳」というにふさわしい趣の樹を仰ぎ、その命を感じる。(『春燈抄』) 季語＝冬紅葉（冬）

26日

枯葎踏んで献花の列に入る　稲畑廣太郎

献花の列に加わる。枯葎を踏むのであるから屋内ではなく屋外。献花というとキリスト教式の葬礼の献花台を思い起こすが、事故などで亡くなった方々のために現場に設けられたそれ、あるいは時経て建てられた追悼の碑であるかもしれない。手にした一輪の花は亡き人へ向かう心だ。乾いた葎の端を小さな音を立てて踏みしだき、亡き人へ一歩一歩近づく。(『八分の六』) 季語＝枯葎（冬）

27日

そっと来て日なたの枇杷の花になる　坪内稔典

緑色の大きな葉の間にある枇杷の花がそろそろ開きはじめるころとなった。薄茶の生毛に覆われた萼から覗く五弁の白い花びらは慎ましやかだ。晴れた日、枇杷の木の下に立つと微かな芳香が漂ってくる。日と花の香に包まれていると穏やかな気持ちになる。花を見上げながら自分もその花の一つになったような優しいひととき。(『高三郎と出会った日』)季語＝枇杷の花（冬）

28日

枯尾花すつくと孤立せるがあり　佐藤鬼房

「枯尾花」は〈枯尾花真昼の風に吹《ふか》れ居る　蕪村〉〈枯れ枯れて光をはなつ尾花かな　几董〉のように白く枯れ尽くして立つ薄をいう。野口雨情作詞の「船頭小唄」や近くは「昭和枯れすすき」など、「枯薄」は何故か二人の人物が登場する流行歌に結びつくが、この句の世界はそれとは違う。背を立て顔を上げ、孤立を怖れず風と光に晒されている。(『霜の聲』)季語＝枯尾花（冬）

29日

霜枯の臙脂ぢごくのかまのふた　辻田克巳

地獄の釜の蓋はキランソウの別名。園芸店で売られる十二単と同属で同じく春に咲くが花茎は立ち上げない。よく見られる雑草の一つで、地に張り付き覆うばかりに増えるのでこの別名があるともいう。この句はロゼッタ状となり冬越ししている葉の色を詠んだもの。霜にあたりしなしなと勢いをなくしたかに見えるが春へと静かに己を養っている。（『昼寝』）季語＝霜枯（冬）

30日

山国は味噌焼くころか朴落葉　杉良介

夏咲く花の美しさもさることながら、材は下駄や日本刀の鞘などに、葉は殺菌作用があり香りも良いため食べ物を包んだり載せたりする用に使われてきた朴。落葉に味噌と刻んだ葱などを載せて焼く朴葉味噌は飛騨高山の名物だ。自註に「同じ岐阜県といっても、飛騨高山は山国。朴葉味噌の味は、あの山気に触れてこそ」とある。作者は岐阜県の生まれ。（『紙舟』）季語＝朴落葉（冬）

十二月

1日

白髪を華髪と讃へ十二月　鈴木太郎

今日から十二月。いよいよ日も短くなる。この句を読むと、黒髪の若人の時を経て年月が過ぎ霜を帯びた髪と、春夏秋を経て一年の最後の月を迎えた木々・草花そしてそれらを包む自然の相とが響きあうのを感ずる。寂寞の相ながらそこには再びの、まことの華がある。「華髪」は白髪の意で漢詩などに見られる言葉。(『秋顆』) 季語＝十二月 (冬)

2日

枯芦の日に日に折れて流れけり　闌更

夏には涼しげな葉を旺盛に繁らせ、秋には穂をなす花を立てる葦。葉といい花といい大振りの姿は風とは切っても切れないが、さすがに冬には蕭条と枯れ、乾いた音が渡る水面がことさら広く見える。この句は水に攫われてゆく枯葦の衰微のさまを描いたもの。この句にちなみ闌更は「枯芦の翁」「枯芦の闌更」と呼ばれる。(『有の儘』) 季語＝枯芦 (冬)

3日

軒下の日に咲きにけり寒葵　村上鬼城

寒葵は冬も青々とした葉の美しさから、江戸時代より別名「細辛《さいしん》」と呼ばれて愛玩の対象とされてきた。葉の模様の様々な入り方に味があり古典にちなむ多くのゆかしい名が与えられている。専ら葉を愛でるが花もまた独特で面白い。三枚の蕚が基部で一つになった鐘型で色合いは渋く地際に咲く。この句の寒葵は庭植えのものか、或いは愛蔵の鉢植えかもしれない。

（『定本鬼城句集』）季語＝寒葵（冬）

4日

寒菅や日向日向へ人歩き　児玉輝代

寒葵同様、寒菅も冬なお枯れずに青々としていることからその名がある。スゲ属は温帯と寒帯にまたがって約二千種もあり生活に利用される有用植物。寒菅も古くは蓑などに使われた。山地の林床などに生え縞の美しい種類は観賞用にもされている。日差しが慕わしい季節、潑剌とした緑が心にしみる。（『天穹』）季語＝寒菅（冬）

5日

柊の花おほかたに父母のなし　榎本好宏

垣根などに使われることも多い柊。普段は棘を持つ緑の葉が混み合うのみだが、冬には白い小さな花が咲き、辺りに芳香を漂わせる。その場にいた人たちの大方が父母を亡くしているというのだろう。ある年代を越えるとこのようなことになる。散り敷く花の慎ましやかな香に包まれて父母を思う。（『三遠』）**季語＝柊の花（冬）**

6日

冬の花蕨渦なす煙上ぐ　小林千史

フユノハナワラビはシダ植物。夏の間は枯れて休眠し、秋になると地上部が現れ地表付近の栄養葉とともに高い胞子葉を掲げる。緑色の胞子葉は次第に黄金色に色づき、これを花に見立てて名がある。日当たりの良い草地に高々と立つ姿は冬枯れの中で印象深い。胞子葉は熟成すると胞子を盛んに飛ばすが、この句はそのさまをダイナミックに描ききった。（『風招』）**季語＝冬の花蕨（冬）**

7日

歳月の獄忘れめや冬木の瘤　秋元不死男

昭和二十五年刊『瘤』所収の句。反語「忘れめや」で「忘れるだろうか、いや忘れはしない」と強い思いを述べた。不死男は十六年二月俳句弾圧事件で検挙され十八年二月保釈されるまで留置場と拘置所で過ごした。『瘤』後書には「わたしのうけた傷痕などは、まだ『瘤』程度のものにすぎない。だが、たとへ瘤であったにせよ、その瘤の痛さと、瘤をこしらへた相手の手は、終生忘れることはできない」とある。（『瘤』）季語＝冬木（冬）

8日

枯蓮のうごく時きてみなうごく　西東三鬼

昭和二十一年、東京から訪れた秋元不死男と共に奈良薬師寺の蓮池を逍遥した折りの作という。自註に「沢山の枯蓮が首の所から折れてうなだれた姿はカトリックの尼僧のやうだ。何に向つて何を祈るのか判らない」とある。その折れ伏して動かない枯蓮が折からの風に一斉に動くさまを詠んだ。止まっていた時が流れ始め、荒涼たる生が隅々まで露わになる。（『夜の桃』）

季語＝枯蓮（冬）

9日

二人名の表札も古り冬珊瑚　岩井英雅

冬珊瑚の名は橙紅色の円らな実を多数つけることから。冬枯れの中ひときわ鮮やかで美しい。この句は「錫婚」という前書を持つ。錫婚は結婚十年で当世流行の言葉ならスイートテン。表札に並べ記した二人の名も十年の月日を経てしっくり馴染んできた。これからも冬珊瑚のように幾つもの幸せが重なってゆくことだろう。（『天行』）季語＝冬珊瑚（冬）

10日

すぐくらくなる侘助の日暮かな　草間時彦

小ぶりで花弁の開き加減も控えめなものが多い侘助は、ひそやかな姿から茶花としても好まれる。移ろいやすい冬日の中、濃緑の葉に隠れるように咲いている花を眺めていたが体が冷えてきた。気付くと日が落ち、辺りが暗くなっている。寂しい一日が寂しいまま終わり、夜になる。（『淡酒』）季語＝侘助（冬）

11日

冬薔薇の風なきときは日に吹かれ　緒方　敬

この句を読むと私は中原中也の「一つのメルヘン」の一節「陽といっても、まるで珪石か何かのやうで、／非常な個体の粉末のやうで、／さればこそ、さらさらと／かすかな音を立ててもゐるのでした。」を思い出す。座五の「日に吹かれ」とは日の当たる場所で風に吹かれるさまの縮約表現ではない。冬薔薇の花びらになりきったかのような繊細な心が受け止めた陽光の質感の表現なのだと思う。（『蓋影集』）季語＝冬薔薇（冬）

12日

裸木となる太陽と話すため　高野ムツオ

葉が落ち尽くした木が裸木。裸木になるとそれぞれの木の姿があからさまになる。放射状に無骨な枝を上げる木、絡み合うように繊細に枝を伸ばす木、ごつごつと黒っぽい幹、滑らかで斑紋のある幹……。この句はそれらの木が冬日を浴びるさまを太陽と話すと見た。ありのままの姿となった木は太陽へまっすぐに顔を上げている。（俳誌「小熊座」）季語＝裸木（冬）

13日

大峯の見えてかがやく松迎へ　茨木和生

十二月十三日は正月を迎える仕事が始まる事始めの日。現在は年末に近い日となっている土地が多いが、もともとは煤掃や松迎えなどこの日に行う風習があった。松迎えは正月の門松など飾り用の木を山に取りに行くこと。門松は年神の依代であるため、松を切るのは年神を山から迎える行為であり、主人や惣領・年男の仕事とされていた。大峯山の輝きを仰ぎつつ敬虔な心となる。（『野迫川』）季語＝松迎へ（冬）

14日

擂粉木の節芽吹くまで冬籠　高橋睦郎

山椒の自然木で作ったすりこぎは硬さがほどよく解毒作用もあるとされ、好んで用いられる。手で持つ部分あたりに残された樹皮に風情があるが、その樹皮にある節から新芽が吹いてくるまで静かに冬籠していようと興じているのである。冬の間このすりこぎは美味しい料理をたくさん生み、春になれば木の芽和えを始めとしてさまざまに活躍するのだろう。心愉しい冬籠の句である。（『賚』）季語＝冬籠（冬）

15日

能登瓦越えて舞ひけり浪の花　林　徹

冬の能登の風物詩「波の花」は、海中に浮遊する植物性プランクトンによって生まれるとされる。寒くて風の強い日、海岸や岩場に白い泡状となって押しよせ、竜巻状に湧き上がったり綿のように転がり吹きちぎれ舞い飛んだりする。この句はその波の花が寒風に煽られ瓦屋根を越えて舞う姿を描いた。艶のある黒い能登瓦と波の花が印象深い。(『荒城』) 季語＝浪の花(冬)

16日

引き返す道すでに暮れ大枯野　中沢城子

枯れ尽くした野を逍遥した。乾いた光に溢れる昼が過ぎ荘厳な入り日が全てを金色に染めた。その光もしだいに遠のいた薄暮の中をしばらく歩き、そろそろ家路へと引き返そうと振り向いたとき、引き返すべき道がすでに夕闇に沈んでいることに気付いた、という。この道は人生という道をふと思わせる。(『明荷』) 季語＝枯野(冬)

17日

さはさはと裏白刈の山降り来　大石悦子

正月飾りに欠かせない裏白を刈りに山へ入る。極月の山はしんとしているようだが耳をすましているとさまざまな音が冷たい空気を伝わって聞こえてくる。色やかたちを吟味しながら裏白を刈り終え、山を下りる人。裏白がさわさわ触れ合う音に清新な山の気が満ちてくる。（『耶々』）季語＝歯朶刈（冬）

18日

厨房に母のためなる室の花　上田日差子

年末は何かと忙しい母。遅くまで家事に時間を取られることも多い。煮物などしながらその合間にしばし台所の椅子に腰掛け、花鉢に目を遣る。ものの言わぬがいつもぱっちり目を開いてそばに居てくれる花鉢。買ってくれたのは子どもなのかもしれない。咲き終わった花や傷んだ葉を整理し少し水を与えて、母はまた次の料理にとりかかる。（『忘南』）季語＝室の花（冬）

19日

山茶花散る偏《へん》と旁《つくり》とばらばらに　田川飛旅子

庭木や生け垣として親しまれる山茶花。我が家にも門口に一本ありこの季節は毎朝散る花を掃くが、その際いつもこの句を思う。「偏と旁とばらばらに」の具体的な説明は難しいのだが、一片一片ばらばらの花びらを見ると何だか納得してしまう。〈山茶花は咲く花よりも散つてゐる　細見綾子〉〈山茶花の散りしく月夜つづきけり　山口青邨〉など、山茶花の散るさまを捉える句は多い。（『薄荷』）季語＝山茶花（冬）

20日

葉牡丹の渦一鉢にあふれたる　西島麦南

波打つ葉の重なりあうさまが牡丹の花を思わせるため葉牡丹の名がある。江戸時代に日本に入り改良を重ねられ、正月用の生け花や冬の庭の彩りとして欠かせない。この鉢は正月用の飾り物で鉢を溢れるほど立派なものであろう。現代ではこのようなものと並んで小輪を幾つもつけた茎が高く立ち上がるタイプのものも園芸店の店先を賑わわせている。時代の流れだろう。（『西島麦南全句集』）季語＝葉牡丹（冬）

21日

山中の闇の分厚さ牡丹鍋　横山房子

猪鍋を牡丹鍋というのは、唐獅子牡丹のシシと肉の意味のシシをかけた隠語から。また皿に盛りつけた肉が牡丹の花に似るからとも。ちなみに鹿肉は紅葉鍋、馬肉は桜鍋でいずれも精が付くとされる。山中で猪鍋を食べ、野趣のある肉を嚙みしめると体の芯の感覚が呼び覚まされる。闇にひそむ生気と霊気を意識するのはこんなときだ。(『一揖』) 季語＝牡丹鍋（冬）

22日

柚子湯よりそのまま父の懐へ　長谷川 櫂

冬至に柚子を浮かべた風呂に入ると邪気が払われ健康になるという。母と柚子湯に入り良い香りに包まれた子どもが、母より先に風呂からあがり父の懐にすべり込んで甘えているのだろう。小さい赤子であればタオルにくるまれてもう眠そうにしているかもしれない。健やかで幸せな光景。(『果実』) 季語＝柚子湯（冬）

23日

日のありか分る曇りや冬木立　木村定生

冬木立を歩きつつ、木からまなざしを空に移す。曇り空の中に白っぽい場所があり太陽が向こうにあると知れるのである。冴え冴えと輝く冬青空とも陰鬱な雲が垂れ込める空とも異なるが、これも確かに冬空の一つの相だ。その空に応じて影も落とさずに連なるひそやかな冬木立が心にしみる。（俳誌「ゆう」）季語＝冬木立（冬）

24日

抱へくるポインセチアが顔隠す　本井　英

ポインセチアはメキシコ駐在のアメリカ大使ポインセットが一八二五年に発見。アメリカに持ち込んだことから広く流通するようになった。赤い苞葉がキリストの血を思わせるためクリスマスの花として欠かせない。大きなポインセチアの鉢をゆらゆらと抱えてくる人はきっと大切な人だ。今夜はクリスマス・イブ。（『八月』）季語＝ポインセチア（冬）

25日

人混みに聖樹微かに匂ひ立つ

西村和子

都内であれば東京タワー前に十五メートルのモミノキが立つ。五万個のイルミネーションが今宵も輝くことだろう。そのように大きな規模でないとしても街角に立つツリーであろう。その下で人を待っていたところ、樹の香がふっと匂い立った。雪と闇に閉ざされるヨーロッパの冬に緑と光の春を願って飾られたのがクリスマスツリーの起源だ。命の香に心が清められる。（『夏帽子』）季語＝聖樹（冬）

26日

たかむらの風のあかるき冬休み

岡本高明

小学校を始めとして学校はほぼ冬休みに入った。年末年始で大人たちは忙しいが、受験期以外の子どもはのんびりできる。暖房の部屋でごろごろするのも良いが晴れていれば外に繰り出したいもの。冬枯れの山とは違い、「たかむら」すなわち竹林は青々と瑞々しい。冷たい風にさわさわと鳴り光を返す。駆け回ってみんなで遊ぼう。（『風の縁』）季語＝冬休み（冬）

27日

千両の実をこぼしたる青畳　今井つる女

朱色がかった赤い実と明るい緑の葉が目を引く千両は正月の花にも喜ばれる。よく似た名の植物に万両、百両、十両、一両があり、百両はカラタチバナ、十両はヤブコウジ、一両はアリドオシのこと。みな赤い実を付け、「千両万両有り通し」など縁起の良い言葉にかけて寄せ植えにされることもある。この句の千両は活け花のそれ。赤い実と青畳の対比が鮮やかだ。

（『かへりみる』）季語＝千両（冬）

28日

苔の地の起伏のかぎり実万両　金久美智子

大きな日本庭園、あるいは寺かもしれない。なだらかな起伏の庭に美しい苔が生え、たわわに実をつけた万両が映えている。千両が葉の上に実をつけ大きな株となって枝分かれするのに対し、万両は笠のように重なったやや暗めの緑の葉の下に吊り下げるように実をつける。茎は一本立ちで丈も比較的低い。落ち着いたゆかしい姿だ。（『爽旦』）季語＝万両（冬）

29日

雪の中樹液しみじみのぼるなり　三橋敏雄

雪中の木である。閉ざされた冷たい闇の中で根から幹へ、幹から枝へ、枝から枝先へ樹液を行き渡らせているのだ。枯れ尽くしたかに見える木の命のしみじみと密やかな営みを透視した。降り積もった雪はやがて春となれば雪融け水になり土を潤すだろう。その水をたっぷりと吸って木も新しく芽吹き始めることだろう。（『長濤』）季語＝雪（冬）

30日

霜の花ひらくが如く逝き給う　四ッ谷　龍

「田中裕明の訃報　三句」と前書きのあるうちの一句。〈はばたきは雪後の空にとどまりぬ〉〈悲しみは椿の花の雪雫〉に続く三句目で、〈まだよまぬ詩おほしと霜にめざめけり〉という裕明の晩年の句を俤にした作ではないかと思う。田中裕明は平成十六年四十五歳で病没した。私たち同世代にとって田中裕明という人の存在は大きかった。この人が居ないことで永遠に開かない扉が幾つかある。今日は裕明の忌日。（『大いなる項目』）季語＝霜の花（冬）

31日

しばらくは藻のごときとき年を越す

森　澄雄

今年も今日で終わる。ひととせの出来事をあれこれと思い出し感慨に耽ったあと、より穏やかで静かな気持ちになり目をつぶる。時間が体を浸し流れ去ってゆくのを直に感じるときはこんなときだ。緑の藻が水に従ってたゆたうように身心を時に預け、年を越す。（『鯉素』）季語＝年越す（冬）

季語索引

青梅［あおうめ］（夏）……102
青木の実［あおきのみ］（冬）……17
あをぎり［あおぎり］（夏）……101
青芒［あおすすき］（夏）……133
青芭蕉［あおばしょう］（夏）……101
赤のまま［あかのまま］（秋）……175
秋薊［あきあざみ］（秋）……173
秋風［あきかぜ］（秋）……149
秋草［あきくさ］（秋）……155
秋口［あきぐち］（秋）……150
秋の七草［あきのななくさ］（秋）……151
秋の蜂［あきのはち］（秋）……145
秋彼岸［あきひがん］（秋）……158
通草［あけび］（秋）……176
朝顔［あさがお］（秋）……139
朝顔市［あさがおいち］（夏）……116
紫陽花［あじさい］（夏）……103
蘆の花［あしのはな］（秋）……177
馬酔木の花［あしびのはな］（春）……52
アネモネ［あねもね］（春）……69
編笠百合［あみがさゆり］（春）……73
杏の花［あんずのはな］（春）……71
磯遊［いそあそび］（春）……60
磯菊［いそぎく］（秋）……172
磯巾着［いそぎんちゃく］（春）……47
銀杏散る［いちょうちる］（秋）……185
凍蝶［いてちょう］（冬）……16
稲穂［いなほ］（秋）……154
犬ふぐり［いぬふぐり］（春）……30
稲の花［いねのはな］（秋）……139
芋虫［いもむし］（秋）……144
浮氷［うきごおり］（春）……32
薄紅葉［うすもみじ］（秋）……186
優曇華［うどんげ］（夏）……124
卯の花［うのはな］（夏）……85
卯の花腐し［うのはなくたし］（夏）……85
梅［うめ］（春）……28・29
末枯［うらがれ］（秋）……186
裏白［うらじろ］（新年）……8
えごの花［えごのはな］（夏）……95
黄梅［おうばい］（春）……31
白粉花［おしろいばな］（秋）……143
落栗［おちぐり］（秋）……179
落葉［おちば］（冬）……195
落葉焚［おちばたき］（冬）……194
尾花［おばな］（秋）……169
お花畑［おはなばたけ］（夏）……127
女郎花［おみなえし］（秋）……177
思草［おもいぐさ］（秋）……167
かいつぶり［かいつぶり］（冬）……195
帰り花［かえりばな］（冬）……190

千両［せんりょう］（冬）……216
泰山木の花［たいさんぼくのはな］（夏）……90
滝［たき］（夏）……125
筍流し［たけのこながし］（夏）……81
立葵［たちあおい］（夏）……100
蓼の花［たでのはな］（秋）……151
種採［たねとり］（秋）……182
ダリヤ［だりや］（夏）……126
断腸花［だんちょうか］（秋）……156
探梅［たんばい］（冬）……19
たんぽぽ［たんぽぽ］（春）……49
茅の輪［ちのわ］（夏）……109
茶の花［ちゃのはな］（冬）……188
チューリップ［ちゅーりっぷ］（春）……67
蝶［ちょう］（春）……48
重陽［ちょうよう］（秋）……153
つく〳〵し［つくつくし］（春）……50
蔦［つた］（秋）……173
躑躅［つつじ］（春）……77
椿［つばき］（春）……45

梅雨［つゆ］（夏）……107
露草［つゆくさ］（秋）……146
吊船草［つりふねそう］（秋）……142
石蕗の花［つわのはな］（冬）……194
鉄線花［てっせんか］（夏）……87
手花火［てはなび］（夏）……134
投扇興［とうせんきょう］（新年）……9
年越す［としこす］（冬）……218
虎尾草［とらのお］（夏）……99
烏頭［とりかぶと］（秋）……145
長崎忌［ながさきき］（秋）……135
梨の花［なしのはな］（春）……71
薺粥［なずながゆ］（新年）……10
薺の花［なずなのはな］（春）……50
茄子の花［なすのはな］（夏）……99
夏草［なつくさ］（夏）……131
夏野［なつの］（夏）……131
ななかまど［ななかまど］（秋）……176
菜の花［なのはな］（春）……66
浪の花［なみのはな］（冬）……210

日日草［にちにちそう］（夏）……118
ねこじやらし［ねこじゃらし］（秋）……140
猫柳［ねこやなぎ］（春）……27
捩花［ねじばな］（夏）……108
合歓の花［ねむのはな］（夏）……114
ねむり草［ねむりぐさ］（夏）……114
凌霄花［のうぜんか］（夏）……118
野菊［のぎく］（秋）……155
野分［のわき］（秋）……156
墓参り［はかまいり］（秋）……136
白鳥［はくちょう］（冬）……20
白牡丹［はくぼたん］（夏）……80
白木蓮［はくもくれん］（春）……53
葉鶏頭［はげいとう］（秋）……157
はこべ［はこべ］（春）……66
葉桜［はざくら］（夏）……79
蓮［はす］（夏）……132
裸木［はだかぎ］（冬）……208
八十八夜［はちじゅうはちや］（春）……77
初場所［はつばしょ］（新年）……11

初冬［はつふゆ］（冬）……189
初風呂［はつぶろ］（新年）……8
花［はな］（春）……63
花いばら［はないばら］（夏）……84
花茣蓙［はなござ］（夏）……105
花衣［はなごろも］（春）……59
花菖蒲［はなしょうぶ］（夏）……98
花南天［はななんてん］（夏）……108
花野［はなの］（秋）……163
花の雨［はなのあめ］（春）……59
花の内［はなのうち］（新年）……14
花火［はなび］（夏）……134
花冷［はなびえ］（春）……56
花吹雪［はなふぶき］（春）……64
花芙蓉［はなふよう］（秋）……143
花見［はなみ］（春）……55
花みかん［はなみかん］（夏）……87
花御堂［はなみどう］（春）……62
花八ッ手［はなやつで］（冬）……192
帚木［ははきぎ］（夏）……121
母子草［ははこぐさ］（春）……61
葉牡丹［はぼたん］（冬）……212
玫瑰［はまなす］（夏）……123
浜木綿の花［はまゆうのはな］（夏）……132
薔薇［ばら］（夏）……86
春の雪［はるのゆき］（春）……34
春日傘［はるひがさ］（春）……68
万緑［ばんりょく］（夏）……102
柊の花［ひいらぎのはな］（冬）……205
雛芥子［ひなげし］（夏）……91
向日葵［ひまわり］（夏）……126
百日草［ひゃくにちそう］（夏）……119
ヒヤシンス［ひやしんす］（春）……46
昼顔［ひるがお］（夏）……125
広島忌［ひろしまき］（夏）……135
枇杷の花［びわのはな］（冬）……198
風船葛［ふうせんかずら］（秋）……141
蕗の薹［ふきのとう］（春）……35
福寿草［ふくじゅそう］（新年）……7
仏桑華［ぶっそうげ］（夏）……106
吹雪［ふぶき］（冬）……18
冬浅し［ふゆあさし］（冬）……189
冬あたたか［ふゆあたたか］（冬）……193
冬木［ふゆき］（冬）……206
冬木の桜［ふゆきのさくら］（冬）……21
冬木の芽［ふゆきのめ］（冬）……25
冬木立［ふゆこだち］（冬）……214
冬籠［ふゆごもり］（冬）……209
冬桜［ふゆざくら］（冬）……190
冬珊瑚［ふゆさんご］（冬）……207
冬菫［ふゆすみれ］（冬）……13
冬蝶［ふゆちょう］（冬）……191
冬の花蕨［ふゆのはなわらび］（冬）……205
冬の日［ふゆのひ］（冬）……193
冬薔薇［ふゆばら］（冬）……208
冬牡丹［ふゆぼたん］（冬）……10
冬紅葉［ふゆもみじ］（冬）……197
冬休み［ふゆやすみ］（冬）……215
フリージア［ふりーじあ］（春）……67
へくそかづらの花［へくそかずらのはな］（夏）……124

糸瓜［へちま］（秋）……158
紅の花［べにのはな］（夏）……120
ポインセチア［ぽいんせちあ］（冬）……214
鳳仙花［ほうせんか］（秋）……149
宝恵駕［ほえかご］（新年）……11
朴落葉［ほおおちば］（冬）……199
鬼灯市［ほおずきいち］（夏）……117
朴の花［ほおのはな］（夏）……90
木瓜の花［ぼけのはな］（春）……44
螢袋［ほたるぶくろ］（夏）……98
牡丹［ぼたん］（夏）……80
牡丹鍋［ぼたんなべ］（冬）……213
杜鵑草［ほととぎす］（秋）……169
盆梅［ぼんばい］（春）……37
盆花［ぼんばな］（秋）……137
松手入［まつていれ］（秋）……162
松迎へ［まつむかえ］（冬）……209
松虫草［まつむしそう］（秋）……163
まんさく［まんさく］（春）……28
曼珠沙華［まんじゅしゃげ］（秋）……160
万両［まんりょう］（冬）……216
水木の花［みずきのはな］（夏）……81
水芭蕉［みずばしょう］（夏）……89
水引草［みずひきそう］（秋）……175
千屈菜［みそはぎ］（秋）……137
蜜蜂［みつばち］（春）……48
三椏の花［みつまたのはな］（春）……43
実紫［みむらさき］（秋）……178
ミモザ［みもざ］（春）……44
むくげ［むくげ］（秋）……138
室の花［むろのはな］（冬）……211
雌刈萱［めがるかや］（秋）……170
芽吹く［めぶく］（春）……45
木犀［もくせい］（秋）……168
餅花［もちばな］（新年）……14
物種［ものだね］（春）……41
藻の花［ものはな］（夏）……105
紅葉［もみじ］（秋）……187
桃の花［もものはな］（春）……70
藪枯らし［やぶからし］（秋）……140
藪柑子［やぶこうじ］（冬）……16
山桜［やまざくら］（春）……63
山吹［やまぶき］（春）……68
山藤［やまふじ］（春）……73
敗荷［やれはす］（秋）……181
夕顔［ゆうがお］（夏）……123
夕菅［ゆうすげ］（夏）……122
雪［ゆき］（冬）……217
雪の下［ゆきのした］（夏）……117
雪柳［ゆきやなぎ］（春）……53
雪割草［ゆきわりそう］（春）……31
柚子湯［ゆずゆ］（冬）……213
楪［ゆずりは］（新年）……7
ユッカ［ゆっか］（夏）……89
百合の花［ゆりのはな］（夏）……121
蓬［よもぎ］（春）……35
雷雨［らいう］（夏）……133
落花［らっか］（春）……64・65
立春［りっしゅん］（春）……26
龍の玉［りゅうのたま］（冬）……12

林檎［りんご］（秋）……179
竜胆［りんどう］（秋）……159
連翹［れんぎょう］（春）……60
臘梅［ろうばい］（冬）……13
公魚［わかさぎ］（春）……36
若葉［わかば］（夏）……92
勿忘草［わすれなぐさ］（春）……78
綿菅［わたすげ］（夏）……109
侘助［わびすけ］（冬）……207
藁塚［わらづか］（秋）……161
吾亦紅［われもこう］（秋）……141

作者索引

青柳志解樹〔あおやぎ・しげき〕……21
赤尾兜子〔あかお・とうし〕……69
秋元不死男〔あきもと・ふじお〕……206
秋山　夢〔あきやま・ゆめ〕……29
明隅礼子〔あけずみ・れいこ〕……44
朝倉和江〔あさくら・かずえ〕……135
安住　敦〔あずみ・あつし〕……136
阿部完市〔あべ・かんいち〕……91
阿部みどり女〔あべ・みどりじょ〕……128
雨宮きぬよ〔あめみや・きぬよ〕……34
飴山　實〔あめやま・みのる〕……132・161
綾部仁喜〔あやべ・じんき〕……27
粟津松彩子〔あわづ・しょうさいし〕……48・84
阿波野青畝〔あわの・せいほ〕……9・63・159
安藤恭子〔あんどう・きょうこ〕……113
飯島晴子〔いいじま・はるこ〕……82・113
飯田蛇笏〔いいだ・だこつ〕……72・136
飯田龍太〔いいだ・りゅうた〕……88・144
五十崎古郷〔いかざき・こきょう〕……61
藺草慶子〔いぐさ・けいこ〕……88
池田澄子〔いけだ・すみこ〕……119
井越芳子〔いごし・よしこ〕……81
石川桂郎〔いしかわ・けいろう〕……41・116
石田あき子〔いしだ・あきこ〕……175
石田いづみ〔いしだ・いづみ〕……151
石田勝彦〔いしだ・かつひこ〕……170
石田郷子〔いしだ・きょうこ〕……36
石田波郷〔いしだ・はきょう〕……134
石塚友二〔いしづか・ともじ〕……163
石原八束〔いしはら・やつか〕……137
市村究一郎〔いちむら・きゅういちろう〕……120
一茶〔いっさ〕……149
伊藤敬子〔いとう・けいこ〕……122
稲田眸子〔いなだ・ぼうし〕……8
稲畑廣太郎〔いなはた・こうたろう〕……197
稲畑汀子〔いなはた・ていこ〕……43
井上弘美〔いのうえ・ひろみ〕……171
茨木和生〔いばらき・かずお〕……209
今井　聖〔いまい・せい〕……196
今井つる女〔いまい・つるじょ〕……216
今瀬剛一〔いませ・ごういち〕……34
岩井英雅〔いわい・ひでのり〕……207
岩田由美〔いわた・ゆみ〕……143
岩淵喜代子〔いわぶち・きよこ〕……98
上田五千石〔うえだ・ごせんごく〕……102
上田日差子〔うえだ・ひざし〕……211
上野章子〔うえの・あきこ〕……62・122
上村占魚〔うえむら・せんぎょ〕……53・124
宇佐美魚目〔うさみ・ぎょもく〕……150
右城暮石〔うしろ・ぼせき〕……35
臼田亜浪〔うすだ・あろう〕……191

浦川聡子〔うらかわ・さとこ〕……53
榎本好宏〔えのもと・よしひろ〕……205
及川　貞〔おいかわ・てい〕……17
大井雅人〔おおい・がじん〕……25
大石悦子〔おおいし・えつこ〕……211
大木あまり〔おおき・あまり〕……120・162
大木孝子〔おおき・たかこ〕……124
大串　章〔おおぐし・あきら〕……192
大澤ひろし〔おおさわ・ひろし〕……180
太田土男〔おおた・つちお〕……89
大野林火〔おおの・りんか〕……134
大橋敦子〔おおはし・あつこ〕……127
大峯あきら〔おおみね・あきら〕……80
大屋達治〔おおや・たつはる〕……42
岡井省二〔おかい・しょうじ〕……27・103・168
岡田日郎〔おかだ・にちお〕……127
緒方　敬〔おがた・けい〕……208
岡本高明〔おかもと・こうめい〕……215
岡本　眸〔おかもと・ひとみ〕……12
小川軽舟〔おがわ・けいしゅう〕……168
奥坂まや〔おくざか・まや〕……144
小澤　實〔おざわ・みのる〕……32
恩田侑布子〔おんだ・ゆうこ〕……101
櫂　未知子〔かい・みちこ〕……119
甲斐由起子〔かい・ゆきこ〕……67
柿本多映〔かきもと・たえ〕……191
鍵和田秞子〔かぎわだ・ゆうこ〕……162
角谷昌子〔かくたに・まさこ〕……10
片山由美子〔かたやま・ゆみこ〕……25
桂　信子〔かつら・のぶこ〕……54
加藤郁乎〔かとう・いくや〕……125
加藤かな文〔かとう・かなぶん〕……114
加藤静夫〔かとう・しずお〕……126
加藤楸邨〔かとう・しゅうそん〕……14
加藤知世子〔かとう・ちよこ〕……31
加藤三七子〔かとう・みなこ〕……116
角川源義〔かどかわ・げんよし〕……90
金子　敦〔かねこ・あつし〕……95
金子兜太〔かねこ・とうた〕……160
金久美智子〔かねひさ・みちこ〕……216
鎌倉佐弓〔かまくら・さゆみ〕……36
川崎展宏〔かわさき・てんこう〕……62・142
川端茅舎〔かわばた・ぼうしゃ〕……51・103
河原枇杷男〔かわはら・びわお〕……155・160
河東碧梧桐〔かわひがし・へきごとう〕……45
季吟〔きぎん〕……55
きくちつねこ〔きくち・つねこ〕……196
岸　風三楼〔きし・ふうさんろう〕……131
岸田稚魚〔きしだ・ちぎょ〕……81・117・143
岸本尚毅〔きしもと・なおき〕……98
木村定生〔きむら・さだお〕……214
木村蕪城〔きむら・ぶじょう〕……187
清崎敏郎〔きよさき・としお〕……78
去来〔きょらい〕……178
金原知典〔きんばら・とものり〕……26
草間時彦〔くさま・ときひこ〕……207
久保田万太郎〔くぼた・まんたろう〕……197
栗田やすし〔くりた・やすし〕……96
黒田杏子〔くろだ・ももこ〕……77
神野紗希〔こうの・さき〕……173

古賀まり子〔こが・まりこ〕……194
後閑達雄〔ごかん・たつお〕……140
小島　健〔こじま・けん〕……99
児玉輝代〔こだま・てるよ〕……204
五島高資〔ごとう・たかとし〕……73
後藤比奈夫〔ごとう・ひなお〕……26
後藤夜半〔ごとう・やはん〕……19
小林貴子〔こばやし・たかこ〕……185
小林千史〔こばやし・ちふみ〕……205
小檜山繁子〔こひやま・しげこ〕……169
斎藤夏風〔さいとう・かふう〕……178
斎藤空華〔さいとう・くうげ〕……97
齋藤　玄〔さいとう・げん〕……145
西東三鬼〔さいとう・さんき〕……206
桜井博道〔さくらい・はくどう〕……16
佐藤鬼房〔さとう・おにふさ〕……198
篠原　梵〔しのはら・ぼん〕……79
芝　不器男〔しば・ふきお〕……188
柴田美佐〔しばた・みさ〕……107
島谷征良〔しまたに・せいろう〕……193

下村槐太〔しもむら・かいた〕……154
嘯山〔しょうざん〕……115
丈草〔じょうそう〕……50
召波〔しょうは〕……180
白雄〔しらお〕……9・64
末吉　發〔すえよし・あきら〕……106
杉　良介〔すぎ・りょうすけ〕……199
杉田久女〔すぎた・ひさじょ〕……59・157
鈴木節子〔すずき・せつこ〕……104
鈴木鷹夫〔すずき・たかお〕……174
鈴木太郎〔すずき・たろう〕……203
鈴木智子〔すずき・ちえこ〕……47
鈴木花蓑〔すずき・はなみの〕……32
鈴木真砂女〔すずき・まさじょ〕……59
鈴木六林男〔すずき・むりお〕……82
井月〔せいげつ〕……179
成美〔せいび〕……42
攝津幸彦〔せっつ・ゆきひこ〕……126
仙田洋子〔せんだ・ようこ〕……176
宗因〔そういん〕……29

相馬遷子〔そうま・せんし〕……52
園女〔そのめ〕……7
素丸〔そまる〕……49
曾良〔そら〕……85
太祇〔たいぎ〕……60
対中いずみ〔たいなか・いずみ〕……13
大魯〔たいろ〕……132
髙崎武義〔たかさき・たけよし〕……8
髙田正子〔たかだ・まさこ〕……175
高野素十〔たかの・すじゅう〕……33・64・77
高野ムツオ〔たかの・むつお〕……208
鷹羽狩行〔たかは・しゅぎょう〕……11
高橋悦男〔たかはし・えつお〕……118
高橋睦郎〔たかはし・むつお〕……209
高浜虚子〔たかはま・きょし〕……80・152・181
高屋窓秋〔たかや・そうしゅう〕……65
髙柳克弘〔たかやなぎ・かつひろ〕……101
田川飛旅子〔たがわ・ひりょし〕……212
瀧　春一〔たき・しゅんいち〕……46
瀧澤和治〔たきざわ・かずはる〕……55

竹下しづの女〔たけした・しづのじょ〕……35
舘野　豊〔たての・ゆたか〕……86
田中裕明〔たなか・ひろあき〕……139
棚山波朗〔たなやま・はろう〕……104
千葉皓史〔ちば・こうし〕……12
辻　美奈子〔つじ・みなこ〕……141
辻内京子〔つじうち・きょうこ〕……17
辻田克巳〔つじた・かつみ〕……199
対馬康子〔つしま・やすこ〕……176
津髙里永子〔つだか・りえこ〕……70
坪内稔典〔つぼうち・ねんてん〕……198
貞室〔ていしつ〕……63
貞徳〔ていとく〕……71
照井　翠〔てるい・みどり〕……123
土肥あき子〔どい・あきこ〕……68
鴇田智哉〔ときた・ともや〕……155
殿村菟絲子〔とのむら・としこ〕……69
土橋石楠花〔どばし・しゃくなげ〕……47
富澤赤黄男〔とみざわ・かきお〕……157
冨田正吉〔とみた・まさよし〕……99
富田木歩〔とみた・もっぽ〕……149
富安風生〔とみやす・ふうせい〕……38
友岡子郷〔ともおか・しきょう〕……100
鳥居真里子〔とりい・まりこ〕……65
鳥居美智子〔とりい・みちこ〕……21
中尾白雨〔なかお・はくう〕……139
中岡毅雄〔なかおか・たけお〕……190
中川宋淵〔なかがわ・そうえん〕……106
中沢城子〔なかざわ・じょうし〕……210
中島陽華〔なかしま・ようか〕……189
中田　剛〔なかた・ごう〕……195
中田尚子〔なかだ・なおこ〕……185
永田耕衣〔ながた・こうい〕……161
中西夕紀〔なかにし・ゆき〕……89
中根美保〔なかね・みほ〕……46
中原道夫〔なかはら・みちお〕……125
長嶺千晶〔ながみね・ちあき〕……173
中村草田男〔なかむら・くさたお〕……20・86・123
中村汀女〔なかむら・ていじょ〕……194
中村祐子〔なかむら・ゆうこ〕……13
中山世一〔なかやま・せいち〕……97
夏目漱石〔なつめ・そうせき〕……44
名取里美〔なとり・さとみ〕……109
行方克巳〔なめかた・かつみ〕……133
鳴戸奈菜〔なると・なな〕……15
西島麦南〔にしじま・ばくなん〕……78・212
西田　孝〔にしだ・たかし〕……193
西宮　舞〔にしみや・まい〕……61
西村和子〔にしむら・かずこ〕……215
西山　睦〔にしやま・むつみ〕……38
野木桃花〔のぎ・とうか〕……192
野沢節子〔のざわ・せつこ〕……179
野中亮介〔のなか・りょうすけ〕……60
能村登四郎〔のむら・としろう〕……90
野村泊月〔のむら・はくげつ〕……51
橋本榮治〔はしもと・えいじ〕……115
橋本多佳子〔はしもと・たかこ〕……85
芭蕉〔ばしょう〕……50・54・92・156
長谷川　櫂〔はせがわ・かい〕……213
長谷川かな女〔はせがわ・かなじょ〕……108・159

長谷川素逝［はせがわ・そせい］……45
長谷川零余子［はせがわ・れいよし］……91
秦 夕美［はた・ゆみ］……140
波多野爽波［はたの・そうは］……121
馬場移公子［ばば・いくこ］……22
林 徹［はやし・てつ］……210
原 石鼎［はら・せきてい］……71
原 民喜［はら・たみき］……133
原田青児［はらだ・せいじ］……171
原田種茅［はらだ・たねじ］……83
日野草城［ひの・そうじょう］……41・83
日原 傳［ひはら・つたえ］……153
平井照敏［ひらい・しょうびん］……188
平橋昌子［ひらはし・しょうこ］……37
平畑静塔［ひらはた・せいとう］……163
廣瀬直人［ひろせ・なおと］……10
広渡敬雄［ひろわたり・たかお］……152
深川正一郎［ふかがわ・しょういちろう］……117
深見けん二［ふかみ・けんじ］……96
深谷雄大［ふかや・ゆうだい］……156
福田甲子雄［ふくだ・きねお］……15
ふけとしこ［ふけ・としこ］……48
藤田湘子［ふじた・しょうし］……182
藤田直子［ふじた・なおこ］……170
藤本美和子［ふじもと・みわこ］……181
蕪村［ぶそん］……66・84・177
文挟夫佐恵［ふばさみ・ふさえ］……118
古館曹人［ふるたち・そうじん］……107
北枝［ほくし］……138
星野高士［ほしの・たかし］……18
星野立子［ほしの・たつこ］……28・151
細川加賀［ほそかわ・かが］……30・105
細見綾子［ほそみ・あやこ］……67・70
細谷喨々［ほそや・りょうりょう］……79
堀口星眠［ほりぐち・せいみん］……167
凡兆［ぼんちょう］……105
前田攝子［まえだ・せつこ］……109
正岡子規［まさおか・しき］……68・158
正木ゆう子［まさき・ゆうこ］……167
松尾隆信［まつお・たかのぶ］……195
松岡隆子［まつおか・たかこ］……172
松崎鉄之介［まつざき・てつのすけ］……43
松瀬青々［まつせ・せいせい］……177
松根東洋城［まつね・とうようじょう］……11
松藤夏山［まつふじ・かざん］……95
松村富雄［まつむら・とみお］……14
松本たかし［まつもと・たかし］……7
松本 長［まつもと・ながし］……19
眞鍋呉夫［まなべ・くれお］……56
黛 まどか［まゆずみ・まどか］……87
水田光雄［みずた・みつお］……49
水原秋櫻子［みずはら・しゅうおうし］……52
満田春日［みつだ・はるひ］……150
三橋鷹女［みつはし・たかじょ］……31・186
三橋敏雄［みつはし・としお］……217
三森鉄治［みつもり・てつじ］……28
皆川盤水［みながわ・ばんすい］……37
皆吉爽雨［みなよし・そうう］……142
三村純也［みむら・じゅんや］……87
宮坂静生［みやさか・しずお］……189

宮津昭彦〔みやつ・あきひこ〕……108
三好達治〔みよし・たつじ〕……169
村上鬼城〔むらかみ・きじょう〕……204
村上喜代子〔むらかみ・きよこ〕……16
村越化石〔むらこし・かせき〕……121
室生犀星〔むろう・さいせい〕……102
本井　英〔もとい・えい〕……214
籾山梓月〔もみやま・しげつ〕……73
森　澄雄〔もり・すみお〕……137・218
森賀まり〔もりが・まり〕……114
森川暁水〔もりかわ・ぎょうすい〕……66
矢島渚男〔やじま・なぎさお〕……100
八並豊秋〔やなみ・とよあき〕……131
野坡〔やば〕……145
山尾玉藻〔やまお・たまも〕……186
山上樹実雄〔やまがみ・きみお〕……146
山口誓子〔やまぐち・せいし〕……172
山口青邨〔やまぐち・せいそん〕……153
山口波津女〔やまぐち・はつじょ〕……33
山田閏子〔やまだ・じゅんこ〕……30
山田みづえ〔やまだ・みづえ〕……141
山本紫黄〔やまもと・しこう〕……135
柚木紀子〔ゆき・のりこ〕……190
横山房子〔よこやま・ふさこ〕……213
吉井幸子〔よしい・さちこ〕……174
四ッ谷　龍〔よつや・りゅう〕……217
蓬田紀枝子〔よもぎた・きえこ〕……18
来山〔らいざん〕……187
闌更〔らんこう〕……203
若井新一〔わかい・しんいち〕……154
和田悟朗〔わだ・ごろう〕……72
渡辺水巴〔わたなべ・すいは〕……20
渡辺白泉〔わたなべ・はくせん〕……138

あとがき

私には五つ違いの弟がいますが、根っからの植物好きで、幼いころから庭を花でいっぱいにしていました。「門前の小僧」ならぬ「門前の姉」だった私も、種を蒔いたり植え替えをしたり散水をしたりと、花に親しく過ごしました。ウェブ上で「花の一句」の連載を始めたとき真っ先に思い出したのは、幼いころの楽しい日々でした。花・木・果実・種、接木や剪定、さらに花の周辺の小さないきものたちの句まで収めたのは、花を見る歓びだけでなく、花と関わる歓びも記したかったからです。

また、実際の植物を詠んだ句の他に、「花」のつく単語、例えば「花の内」などですが、それらを使った句も選びました。加えて、「花」そのものに始まり、「蕾」「咲く」など「花」の関連語を比喩として用いた句も対象としました。どのようなものやことが「花」と呼ばれているのかを探ることで、「花なるもの」

の一端に触れたいと思いました。

三六五句は季節の運行に従い、なるべく同じ季語が重ならないようにしました。解説文の所々に「今日は……」という表現がありますが、平成二十二年の暦に従うものです。

俳句には季語がありますが、それは俳句が時への覚悟を内蔵しているということなのだと私は思っています。花の句を鑑賞しながら、しばしば人の命について考えました。一回性の時間と循環する四季、その二つの時を一輪の花から教えられる気がします。二つの時の中にある人の命のかけがえのなさを、一輪の花を通して考えます。

平成二十三年七月　紫陽花の終わるころに

山西雅子

著者略歴

山西雅子（やまにし・まさこ）

昭和三十五年大阪府生まれ。奈良女子大学大学院文学研究科国文学専攻修士課程修了。平成元年、岡井省二に師事し俳句を始める。「晨」「槐」を経て「星の木」創刊同人。「舞」創刊主宰。短歌誌「心の花」会員。句集に『夏越』『沙鷗』、著書に『俳句で楽しく文語文法』。俳人協会幹事。日本文藝家協会会員。

現住所　〒249－0001
　　　　逗子市久木8－6－47

発　行　二〇一一年九月二九日初版発行
著　者　山西雅子©Masako Yamanishi
発行人　山岡喜美子
発行所　ふらんす堂
〒182-0002東京都調布市仙川町一―一五―三八―2F
TEL（〇三）三三二六―九〇六一　FAX（〇三）三三二六―六九一九

花の一句　365日入門シリーズ

URL :http://furansudo.com/　E-mail :info@furansudo.com
装　丁　君嶋真理子
印　刷　㈱トーヨー社
製　本　㈱トーヨー社
定　価＝本体一七一四円＋税
ISBN978-4-7814-0394-6 C0095 ¥1714E

好評既刊 新書判ソフトカバー装定価 1800 円

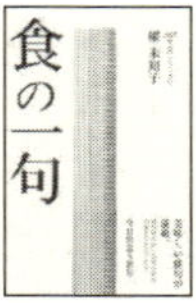

食《しょく》の一句
365日入門シリーズ①

櫂未知子

美味しい俳句が満載　俳句は、食べ物が作品のメインになり得る稀有な詩型である。「食べる」というごく日常的な行為がそのまま詩となる、そんな文芸は滅多にあるものではない。（著者）季語索引・食関連用語索引・俳句作者索引付き

万太郎の一句
365日入門シリーズ②

小澤　實

久保田万太郎の俳句ファン必読の一書　鑑賞は万太郎俳句そのものの魅力、かがやきを捉えたかった。万太郎は旧作に多く改作を施しているが、改作の過程を明らかにし、その意図を推察するように努めた。（著者）季語索引付き

色《いろ》の一句
365日入門シリーズ③

片山由美子

色とりどりの輝きを発するアンソロジー　色という視点から作品を見渡したことで、必ずしもそれぞれの俳人の代表作として知られたものではない句に新たな魅力を発見できたのは嬉しいことでした。（著者）季語索引・俳句作者索引付き

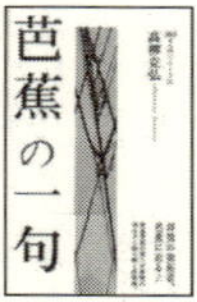

芭蕉の一句
365日入門シリーズ④

高柳克弘

詩情の開拓者、芭蕉に迫る！　芭蕉の開拓した詩情は、時代や価値観の枠を越え、人の心の深いところにまで届き、感動を与える。本書が、その詩情の一端でも読者に伝えることができていたら、幸いである。（著者）季語索引付き

子どもの一句
365日入門シリーズ⑤

髙田正子

三六六句に子どもの顔がある。「肉声」をひとつの柱とするうちに、現在生きている私たちという色彩の濃いものとなりました。子どもの句の古典として評価の定まった句だけでなく、刊行されたばかりの句集からも引用しています。（著者）季語索引・俳句作者索引付き